唐诗风云会

《唐诗风云会》栏目组　编著

陕西新华出版传媒集团
陕西科学技术出版社

图书在版编目(CIP)数据

唐诗风云会/《唐诗风云会》栏目组编著. —西安:陕西科学技术出版社, 2015.6

ISBN 978-7-5369-6461-7

Ⅰ. ①唐… Ⅱ. ①唐… Ⅲ. ①唐诗—通俗读物 Ⅳ. ①I222.742

中国版本图书馆 CIP 数据核字(2015)第 105486 号

唐诗风云会

出版者	陕西新华出版传媒集团　陕西科学技术出版社 西安市北大街 131 号　邮编 710003 电话(029)87211894　传真(029)87218236 http://www.snstp.com
发行者	陕西新华出版传媒集团　陕西科学技术出版社 电话(029)87212206　87260001
印　刷	中煤地西安地图制印有限公司
规　格	720mm×1000mm　16 开本
印　张	16.5 印张
字　数	178 千字
版　次	2015 年 6 月第 1 版 2015 年 6 月第 1 次印刷
书　号	ISBN 978-7-5369-6461-7
定　价	39.90 元

序

康震

我与唐诗風雲會结緣，有緣人就是鄭毅。

當時，陝西卫視的开坛栏目办得不錯。古往今来，无所不聊，我也去聊了几次，主持人就是鄭毅。他人帅氣，讲義氣，有文氣，一来二去，不做朋友都難。

去年，鄭毅说要做一档唐诗竞技节目，名曰唐诗風雲會，邀我参与策划。我立刻答应，一来唐诗是我的最愛，教唐诗是我的本分；二来将唐诗搬上电視竞技舞台，全世界頭一遭，想想都覺得兴奋，于是来回策划，忙得不亦乐乎。

没多久，鄭毅又派了新活：希望我做唐诗風雲會的主考官，也就是主持人。我有点发憤，做兼职，嘉宾咱心里有底，做主持，真没底。但郑毅摊了牌，说他其实也想主持，但作为朋友，忍痛将这个出头露面的机會让给我言下之意，让我做个识時务的俊杰。我凝望着郑毅英俊而略胖的脸庞，陷入沉思。主持还是不主持，这是个问题。焦点在於：唐诗竞技电視节目，全世界第一例，牛。唐诗教师主持唐诗竞技电視节目，恐怕也没有第二例，是牛还是熊，只有天知道。

但鄭毅畧带要挟的邀請依然让我感動。作为一个职业电視人兼文学博士，鄭毅的邀請其实更像是一次友情鼓励，鼓励我带領电視内外的选手观众，从千年唐诗走入当代电視，又从当代电視回望千年唐诗。他希望，这一次不算轻松却极有意义的穿越式行走，由我来主持。

看来，我只有答应了。同時，也开始莫名的紧張起来。

毕竟，一首首唐诗登上电視，会是怎样一幅場景？難以想象。正式录制時，我攥着两把汗，喬装打扮，粉墨登場，一場大戏就此开演。随着多个环节如画卷展开，选手们亦如画中人，在唐诗、唐人、唐朝的陪伴下，吟诵而来，款咏而去。翰林学士们更是才华横溢，各逞千秋阎肃老老当益壮，巧思如泉；春妮姐眼光独到，妙语如珠；国倫兄豪情洒脱，诙谐幽默；汪老师沉静儒雅，文采斐然；何教授激情澎湃，出口成章蒙老师言必有据，功底扎实……真有仰天大笑出门去，与唐代诗人华山论剑一爭高下的氣派！

至于我这个主考官，一會儿给选手们出题打分一會儿与阎老、国倫斗句斗嘴，一會儿又鼓動电視内外的观众为唐诗呐喊叫好，忙的连轴转，早就忘了紧张，也忘了疲倦……

在一瞬间，我忽然想到：其实，在一千多年前，诗仙李白、诗圣杜甫，也就是这样坐在一起，饮酒、品茶、展卷，对弈、看山、望水，谈笑间，那些流传千古的绝妙好诗，就这样脱口而出了！其实唐诗风云会就是要还原唐诗出生的那一刻，就是要呈现给我们天生我材必有用，千金散尽，还复来的大唐印象！

以诗为马，風云际會，诗夢大唐，这是唐诗風云會的口號，也是我们穿越时空的共同约定在那一刻，我们駕驭唐诗神马，徜徉在春雨如酥的長安天街，奔跑在崎岖向西的丝路驿道，翱翔在皓月当空的万里云天，与诗佛王维看一回長河落日、大漠孤烟，与诗魔白居易听一曲琵琶深情，長恨歌断，与诗鬼李賀唱一首天若有情走馬千年。我们，这些大唐的后人，一路向前，且歌且行，且思且唱，在记忆唐诗中记忆長安，在吟诵長安中吟诵大唐，在遥望大唐中唱出每个中国人对国家振兴、民族复兴的伟大夢想！

唐诗風云會的确不简單，参加風云比拼的选手们更不简單。我原以为唐诗固然深得人心，但粉丝再多也有限吧？谁知来这儿一看，真是大开眼界。众多选手中，有七十老翁，十岁小儿；有中东大叔，非洲小伙儿；有执法民警，市場保安；有乡村教师，全职妈妈；有理工女生，文艺青年；还有农民大伯，“达人”等等。他们来自五湖四海，身份各异，年龄不同，来唐诗風云會只有一个目的：喜欢唐诗、吟诵唐诗、品鉴唐诗、传播唐诗。这也正是唐诗風云會的目的：在全社會掀起唐诗大合唱，中国古典诗词大合歌，让更多的人了解唐诗，了解唐朝，了解中華民族辉煌灿烂的历史文化与神聖经典。

唐诗風云會播出那天，老爸老妈打来电话，特别兴奋，说華商報登了大幅海报，说给親戚朋友都通知了，说他们一直跟选手比賽背唐诗，说节目真的挺好玩，还说我的頭发有点儿長，是不是剪短一点儿更好看……

节目播出了，爸妈高兴了，我们也就高兴了。衷心希望有更多年輕年老的爸妈们，带着孩子来唐诗風云會，在这里品味唐诗之美，笑看風雲再起。因为，唐诗風云會是陝西卫視的，是全国人民的，也是你我的。

二〇一五年五月初夏撰並書

北京师范大学文学院

花舞大唐春

——《唐诗风云会》节目创作简述

郑 毅

《唐诗风云会》对于陕西卫视来说，是一个急就章，也是一坛陈年酒，既凝聚着我们对传统文化的敬意，又标示着我们对媒体责任的探索，还承载着陕西卫视创新的渴望。对于我个人来说，则是一次紧张而奇妙的创作，一段重要而光荣的历程。

唐诗，是中国文学中一座金色的珠穆朗玛。那里面有最英武也是最洒脱的男人，最美丽也是最温柔的女人，最古老也是最新鲜的音乐与歌舞，最神奇也是最真实的异域与传说，最浪漫也是最沉重的情感与心绪，最壮阔也是最曲折的岁月与山河……

我是 2014 年 11 月 5 日，正式接到样片创作任务的，从策划案

开始筹备，几乎是三天三夜确定了创作思路和嘉宾、题目、技术工种等，一路紧锣密鼓，11 月 16 日晚在北京开始录制；11 月 25 日下午，陕西广播电视台台长钱远刚和总编辑王渭林到京审看样片，充分肯定；12 月 4 日上午，省委宣传部部长办公会审看样片，景俊海部长当即拍板决定正片上马。节目组于 2015 年 1 月 26 日开棚，春节前完成六集录制；3 月 23 日二次开棚，开始录制后七集节目；3 月 30 日晚 23 时，第一季录制工作全部完成。

2015 年 3 月 1 日 21:20，《唐诗风云会》在陕西卫视开播。节目收视持续走高，观众结构明显优化，新浪微博主话题阅读量过亿，四次位列“微博电视指数”全国综艺节目榜单前五位。中国人民大学舆论研究所所长喻国明教授将之称为文化类节目的“新典型力作”；清华大学新闻与传播学院常务副院长尹鸿教授认为：“这种文化＋竞赛的益智样态，对唤起观众古代文学兴趣肯定会

有引导作用。”北京大学电视研究中心主任俞虹教授在微信朋友圈中推荐:“值得一看,《唐诗风云会》! 陕西卫视原创。不负唐诗,契合当下,植根百姓,风雅荧屏。陕西卫视选择做唐诗虽在情理之中,但也极具挑战! 今晚以唐诗的名义守时关注,欣然始终。既有创意且完成度高,所以鼎力推荐! ”中央电视台主持人李思思也发微博力挺:“当今电视荧屏充斥着各路‘亲友’……也有人闹中取静,独辟蹊径,从容地呈现唐诗、展现唐诗。若雕塑是凝固的音乐,唐诗就是凝固的历史。娇艳的玫瑰自有人爱,淡淡的雏菊也不失为是一道风景。”

2015 年 5 月 1 日,《人民日报》刊文《穿越时空去读你》,认为“目前陕西卫视周日晚播出的《唐诗风云会》就是着力挖掘和弘扬优秀传统文化的一档人文综艺。作为全国首档唐诗文化益智节目,其通过电视的艺术化呈现,激活了唐诗的经典魅力,也拉近了古老文明与现实社会的距离……纵观当下电视荧屏，《唐诗风云会》可以称得上是最具诗情画意的一档节目，受到广大观众的喜爱。”3 月 28 日，《光明日报》刊文《道阻且长 行则将至》，在盘点全国标志性文化节目时，认为“陕西卫视的《唐诗风云会》，带领观众穿越历史，感受传统诗词之美”“一方面为中华优秀传统文化的传播弘扬提供了平台和渠道，另一方面也用有温度、有新意的电视表达，为追逐娱乐和喧嚣的荧屏带来一抹亮色。”台湾第一大报《中国时报》则将《唐诗风云会》称为《中国好声音》的文化版，在开播不久便予以关注。

业界的好评和观众的赞誉固然令我们欣喜，但创作中的甘苦和一步步推敲的过程则更帮助我们成长。

在整体创作中，我们逐渐明晰了工作的主导思路，总结和形成了四个“结合”、五个“关键”的创新重点。

四个“结合”，就是要把握好“偏冷的文化内容如何与很热的娱乐属性结合”“偏旧的古典气质如何与很新的现代表达结合”“精细的高端制作标准如何与我们的实际操作能力结合”“单一的电视产品如何与丰富的宣推渠道结合”这四个问题。而这四个问题的提出，实际上隐含着我们的一种判断：唐诗，作为一种古老的文体已经属于历史，但是作为一种风流劲健的文化精神和最中国的人文素养永远活在当下、传之未来。如何以大众都能参与、都感兴趣的方式激扬这种经典的魅力，是我们的用心所在。

五个“关键”是推进过程中的五条硬标准。既是帮助节目脱颖而出的重点，又是需要我们着力突破的难点。

我把这五条硬标准总结为五个关键词：

第一个词叫“趣味”。我们摒弃了目前所有文化节目惯用的问答形态，追求一种开放语境下人人有话说的自由。哪怕你背不出多少诗句，也会有互动的快乐，你会发现那个时代并未老去，它不光活在我们的课本里，更是每个人心灵深处、甚至每个人血液里流淌的中华文化最活泼、最华彩、最青春的那个部分。我们设置的

很多跟现代生活息息相关的题目，以及可以拓展新媒体传播的九宫格游戏等，目的都是让大家参与进来、玩起来、动起来。

第二个词叫“现代”。具体到电视屏幕上，就是要考虑怎么让它的表现形态不土。一个是从思路上要有突破、敢于借鉴，不能对别的卫视成功的综艺模式背过脸去，而要尽力向它们取经；第二个要在技术上进行创新，向高标准看齐。我们这次采用了1200平米高清演播室，十讯高清录制，单挂四路aja硬盘。舞美的理念是追求一种视觉上的简洁，不要过多花哨的东西，但是在灯光特别是切光的应用上，追求丰富，追求一种时尚感的变幻。所以舞台立面干干净净，但是用切光做成的甬道，取代了物理意义上的实景。

短短几秒的开场灯光秀是四层光从里到外推出来的，层次感特别鲜明。节目组坚信，越传统的资源越需要现代化的表达，越经典的内容越需要融入大众化的趣味。

第三个叫“应用”。跟《汉字英雄》《汉字听写大会》《成语英雄》这些文化节目比起来，我们有一个先天缺陷，汉字也好，成语也罢，今天仍然在广泛应用；可是唐诗怎么把它用起来，真正化为日常生活的一部分？事先我们下了很大功夫，也向专家请教，比如创作类型的题目敢不敢有？现代人也能写点诗，用唐诗的格律套进去写也没问题，但是出来的东西弄不好就像打油诗。这样的题目敢不敢设置？再比如五言改七言，七言缩五言，这个在文学的演进上合不合规律，有没有伤害到唐诗的经典性？再比如我给你说上句，你创作下句行不行？这些在第一季里我们还拿不准，所以暂时没碰。但是从一句唐诗里面抠下来一个字，自己创作发挥，就是“推敲成趣”这个环节，我们是有体现的。很多人炼的字也确实很有特点。

第四个词叫“弘扬”。我们都说要弘扬传统文化，也说要弘扬陕西特色，怎么弘扬？我觉得传统文化也好，陕西特色也罢，这些都是我们的母亲。但我们摆在镜头前的，不一定要摆出母亲的脸，而应该摆出母亲的灵魂。用灵魂、用精神感染人这才是真正的弘扬。说到唐诗，很多人第一反应是背诵。小孩子接触唐诗都是从背

诵开始的，大一点儿学习朗诵，但是背诵和朗诵之外呢？我们可不可以进入到第三步欣赏、第四步应用、第五步内化，内化为我们的一种精神气质？比如有道题：假如你中了五百万彩票怎么办？有人说，“安得广厦千万间，大庇天下寒士俱欢颜，风雨不动安如山”，这当然是一种博大的情怀；但也有人说，“却看妻子愁何在，漫卷诗书喜欲狂”，老伴陪我辛苦了一辈子，好不容易有了笔财富，我要让她过上舒坦的日子，这一样是中国人的善良，一样是骨子里优秀传统文化对人的影响。怎么把这些体现出来？在总决赛里我们还特别设置了一个环节，把网络热词拉进来，换个说法用唐诗来表达，“蛮拼的、点赞、吐槽、我也是醉了”等，你发现用唐诗一替换，里面有同样的意思，但诗的语言比网络热词更有文采、更有味道、更讲究。所以唐诗的魅力并不天然转化为“弘扬”的便利，我们要自己想办法。

第五个词叫“价值观”或者“正能量”。我们都知道传统道德观和社会主义核心价值观，但是这些观念形态的东西在一个电视节目中怎么去体现？我们把握住三点，第一是选择什么样的诗？第二是选择什么样的人？第三是选择什么样的题？大家看到盲女王颖那期，所有人都感慨她学习太不容易了，但是仍然保持着对知识的如饥似渴，特别是康震那句话，面对知识，人人都是平等；面对知识，人人都有力量等。很多价值观就是这样传递出去的。再比如节目里有一位新疆老师，是在新疆阿克苏山区工作的汉族老师，三天三夜坐火车到北京来，阿克苏山区原来很穷，为了让孩子们看到诗，看到好文章，他自己手抄了两千多首诗词和整整一部《红楼梦》，抱出来的时候很壮观。我们知道这几年民族地区比较敏感，但是在一小撮极端分子煽动仇恨的时候，绝大多数像这样的老师扎根在一线，是这样的人在用爱去浇灌这片土地，这就是正能量，这就是价值观，这就是我们文化自信在今天生活中的一种蕴涵。另外像农民诗人张新文在田间地头不放弃诗歌的梦想，像那位美国康奈尔大学的物理学博士在异国他乡仍然喜读唐诗，用中华文化来丰富自己……这样的例子很多很多。

节目播出已近尾声，但是很多话题还在发酵，很多工作还在推进，比如我们依托这档节目跟中国扶贫基金会合作的大型公益活动“为盲童读诗”，在网络自然发酵的主话题阅读量已经超过3000万人次，人民网以《电视栏目＋明星榜样：人文关怀的有力推动》为题推出重点报道，目前不仅联系到爱心企业定点帮扶，还吸引到多位明星艺人和社会名流加入，比如蔡康永、小S、阿雅、寇乃馨、林志玲，电影《闯入者》剧组、吕中、冯远征，《我是歌手》胡彦斌、沈梦晨等，杨云、杨威等奥运冠军也参与其中。5月30日我们将在北京大学联合举办一个朴素的公益仪式，也为陕西卫视“人文天下”的频道定位找到一个柔软而温暖的表达。

对我来说，2015年的这个春天有一份别样的美好，这份美好的缘分是唐诗给的，也是在齐心协力、废寝忘食的节目创作中成就的。感谢台领导的擘划支持，感谢节目组全体同仁的拼搏努力，感谢每一位观众的热情！这一场“人歌小岁酒，花舞大唐春”的约会，因为有你而陶醉。

（作者：郑毅，哲学硕士、文学博士，《唐诗风云会》节目独立制片人、总导演，曾供职于中央电视台文艺中心，现任陕西卫视总监。）

唐诗说略

中国的诗歌，在历经了先秦、汉以及魏晋南北朝的渐变后，终于在唐代达到了空前绝后的高峰。

有唐一代(618—907年)，诗人辈出，除了李白、杜甫、王维、白居易等世界闻名的伟大诗人以外，开宗立派、影响久远的大家，也有数十人之多。其余特色显著、在文学史上有一定地位的诗人，更是不胜枚举。据统计，有作品流传至今的唐代诗人尚有2300多位。

唐代诗坛多种艺术风格的争奇斗艳，诗歌体制的完备成熟，形成了百花齐放的壮丽景象，或许可以与思想史上战国时代的百家争鸣前后媲美。众多的诗人、诗派和诗作，像满天星斗一般，共同烘托着唐代诗坛璀璨的星空。他们的诗歌作品，保存在《全唐诗》等典籍中的就有五万余首。这些诗作或写实，或浪漫；或朴实无华，或诡谲恣肆；或醉心于山水田园，或描写边塞大漠；或豪情万丈，或柔情似水；或出口成章信手拈来，或苦吟推敲冥思苦想……无不表现出唐代独有的风采。

受唐代开放包容的时代风气影响，唐诗的形式也是多种多样的。古体诗又叫古风，长短不拘，格律宽松，主要有五言和七言两种。近体诗有严整的格律，所以又称为格律诗，它也有绝句和律诗两种形式；绝句和律诗又各有五言和七言之别。所以唐诗的主要形式有这样六种：五言古体，七言古体，五言绝句，七言绝句，五言律诗和七言律诗。近体格律诗的创造与成熟，是唐代诗歌发展史上的一件大事，它把我国古典诗歌音韵和谐、文字精炼巧妙的艺术特色推向了前所未有的高度，为古代抒情诗找到一种最典型的形式，故而能够历经千年而不衰，至今依然是人们喜闻乐见的诗歌形式。

明代高棅《唐诗品汇》将唐诗的发展过程分为四个时期："至于声律兴象，文词理致，各有品格高下之不同，略而言之，则有初唐、盛唐、中唐、晚唐之不同。"这种"四唐"划分法，为后来的研究者和读者广泛接受。

初唐近百年间，是唐诗的准备时期，重要诗人有被称为"初唐四杰"的王勃、杨炯、卢照邻、骆宾王，以及陈子昂、沈佺期、宋之问、张若虚等。唐代建国初的诗歌仍沿着南朝诗歌的惯性发展，柔靡纤弱，毫无生气，"四杰"的出现，开始转变了这种风气。他们才气横溢，不满现状，通过自己的诗作抒豪情壮志，发愤激不平之气，在很大程度上拓宽了诗歌的题材。继"四杰"而起的陈子昂，从理论上对南朝以来的柔弱诗风提出深刻批评，并提倡学习"汉魏风骨"，恢复建安时代的刚健诗风。他的《登幽州台歌》苍凉辽阔，哀而不伤，被认为是怀古诗的绝唱。沈佺期、宋之问对诗歌的贡献主要在近体诗格律方面，他们总结了"永明体"以来诗人们探索诗歌格律的成果，并通过自己的创作实践，促进了"近体诗"的最后定型。张若虚以一首《春江花月夜》"孤篇盖全唐"，不唯创造出宁静邈远的意境，亦表现出诗人对宇宙人生的深刻思索，被称为"诗中的诗，顶峰上的顶峰"(闻一多《宫体诗的自赎》)。

经过近百年的沉淀和休养，到8世纪初，唐王朝开始进入"开元盛世”，政治、经济、文化等领域均达到鼎盛局面。在诗歌方面，也涌现出大批优秀诗人和诗作。以王维、孟浩然、储光羲、裴迪等为代表的山水田园诗派和以高适、王昌龄、岑参、李颀等为代表的边塞诗派双峰对峙，风格对比鲜明而又相映生辉。山水诗人沉浸于宁静幽远、恬淡自然的山水风光和田园生活之中，诗歌多表现出心远地偏、与世无争的特点；而边塞诗人则向往黄沙万里、大漠孤烟的塞外风光，渴望去边关杀敌报国、建功立业，表现出积极用世、壮怀激烈的一面。

李白是继屈原之后又一个伟大的浪漫主义诗人，素有“诗仙”之称。他经历坎坷，思想复杂，既是一个天才的诗人，又兼有游侠、刺客、隐士、道人、策士等气质。儒家、道家和游侠三种思想，在他身上都有体现，“申管晏之谈，谋帝王之术，奋其智能，愿为辅弼，使寰区大定，海县清一”（《代寿山答孟少府移文书》），然后功成身退，是支配他一生的主导思想。然而现实世界的种种阻碍和羁绊，又使他一次次在理想面前碰壁，他在政治理想与残酷的现实之间步履维艰，胸中淤积了难以言状的痛苦和愤懑。所以除了用诗歌来表现豪迈激昂的志向和浪漫奇谲的理想以外，他也常常自我沉醉于酒与月的世界之中不能自已。李白大半生过着流浪生活，游历了许多名山大川，写下了大量赞美祖国大好河山的优美诗篇，并以之表达他酷爱自由、狂放不羁的情怀。在这一类诗作中，奇险的山川与他叛逆的性格得到了完美的契合，诗人苦闷、郁悒的心灵在这些诗篇中也得到了真正的解放。在诗歌形式方面，李白可谓兼善众体的诗人，尤其是他的古风、歌行和七言绝句，都在一定程度上代表了唐代诗歌的最高水平。

李白、杜甫齐名，但他们的性格和诗风却很不相同。有人评论说，李白如狂放不羁的野马，杜甫则像忍苦负重的犍牛。杜甫诗风老成稳健，倾向现实主义。他的诗作，不仅反映了自己一生的辛苦遭际，同时也是唐王朝由盛转衰那段历史的真实写照。国家的沉沦，人民的苦难，以及自我生活的艰辛，化而为诗，便成了字字含泪、句句带血的辛酸史。后人用"沉郁顿挫"总结杜甫的诗风，用"诗史"评价杜甫的历史功绩，可谓深得其旨。他一生心血都用在写诗上，既能学习和继承传统，又善于创新，在遣词造句方面追求"语不惊人死不休"的境界，"所谓上薄风骚，下该沈宋，言夺苏李，气吞曹刘，掩颜谢之孤高，杂徐庾之流丽，尽得古今之体势，而兼人人之所独专矣"（元稹《唐故检校工部员外郎杜君墓系铭并序》）。在诗歌体式上，他亦可谓集众体之大成，无论古体诗和近体诗都取得了极高的成就，尤其是他的五言古诗和七言律诗，都臻于妙境和化境。

唐代中期，王朝的鼎盛与辉煌已成过往，但诗歌创作仍未衰歇，先后出现了韦应物、韩愈、柳宗元、张籍、李贺、白居易、元稹、刘禹锡等风格各异的杰出诗人。韦应物继承了盛唐山水田园诗派的某些风格，诗风恬淡高远，以善于写景和描写隐逸生活著称。韩愈"以文为诗"，用韵险怪，别开生面。孟郊、贾岛等苦吟诗人与韩愈诗风比较接近。李贺诗歌长于古体，想象丰富奇特、语言瑰丽奇峭，在中唐诗坛独树一帜。以白居易、元稹、张籍等为代表的一些诗人善于用新题写时事，积极创作新乐府，语言质朴，在唐代诗坛产生了重要影响。刘禹锡一改中唐诗坛阴郁、沉闷的诗风，创造出简洁明快、风情俊爽的境界。此外，以钱起、卢纶、司空曙等为代表的“大历十才子”在创作方面偏重诗歌形式技巧，虽然总体成就不及以上诸家，但也是中唐诗坛颇有影响的诗人。

进入晚唐之后，诗风进一步趋于绮艳幽密、感伤沉郁，杜牧、李商隐、温庭筠、韦庄等是其代表。杜牧写景、抒情诗清新明丽，怀古诗情感深挚，广受读者喜爱。李商隐的无题诗意象繁密、语言隽永，常于扑朔迷离的意境中表达复杂的思想情感。温庭筠才思敏捷，辞藻华丽，善于创造清婉雅致的境界。韦庄亲眼目睹了唐王朝最后的动乱与覆灭，并在其著名叙事长诗《秦妇吟》中，通过一个幸免于长安动乱的女子之口，将这种惨象描写得淋漓尽致，可谓以诗纪史。这些诗人的创作，成为唐代诗坛上灿烂的晚霞。

三百年唐史，两千多位诗人，五万多首诗篇，不同的时期有不同的特色，不同的作家有不同的个性和风格，这就是诗的唐朝。上文所提及的，只是浮光掠影式的一瞥，还有更多的优秀诗人、优秀诗作等着我们去发现、去阅读、去欣赏、去品味。

如果时光真的可以穿越，我们穿回到唐朝的长安，也许你会有幸目睹陈子昂愤然摔琴的慷慨，李白“天子呼来不上船，自称臣是酒中仙”的狂放，杜甫“卖药都市，寄食友朋”的辛酸，王昌龄、高适、王之涣旗亭画壁的诗酒风流，或者邂逅在辋川一代“行到水穷处，坐看云起时”的王维，在蓝桥驿匆匆下马、绕柱寻觅元稹题诗的白居易，在灞桥驴背上冥思苦想、专心觅句的苦吟诗人贾岛，以及在进士榜单前愤然不平、感慨“自恨罗衣掩诗句，举头空羡榜中名”的女道士鱼玄机……

然而，毕竟这一千多年的时光我们无法穿越，唐时的风花雪月、歌舞美酒，以及那风光旖旎的山水、风姿绰约的美人，那气冲霄汉的豪气、海纳百川的胸怀，我们今天都无法见到了。

然而，毕竟还有唐诗，可歌可咏可怀想，可寄托所有的欢乐与忧愁。所以尽管时隔千载，我们今天阅读唐诗、感知唐诗、品味唐诗，依然能够体味到似曾相识的熟悉，体味到“于我心有戚戚焉”的心有灵犀，甚至我们今天众多的生活场景和心灵感悟，依然能在唐诗中找到最为贴切的描述。所以我们说，唐诗依然鲜活灵动，依然有其无可替代的意义和价值。这也是我们阅读唐诗、传承唐诗的初衷。

目录

附录

风云引

中兴鸾凤集，直道风云会。
——贯休《上孙使君》

在中国历史上，从来没有一个王朝，能让我们如此神往；从来没有一种文字，能让我们如此痴迷。它是诗的王朝，诗的国度。且不说有唐一代300年间产生过多少诗人，留下了多少诗篇，单就那些引领时代风云的诗人们，就足以令我们震撼！看不尽的大唐气象，品不完的诗酒风流，都能在他们的笔下得到最完美的呈现。

上官仪与上官体

自先秦至唐，诗歌已经走过了几千年的路程。先秦有《诗经》、楚辞，汉代有乐府诗，魏晋有五言古诗，南北朝有玄言诗、山水诗、宫廷诗……凡此种种，皆为诗歌全盛时代的来临奠定了基础。

初唐诗坛的创作主流是应制戏乐的宫廷诗，这类诗歌题材上主要以奉和应制为主，歌咏盛世，以娱君王，“上官体”是其代表。

“上官体”是唐高宗、武后时期以宰相上官仪为代表的宫廷诗人所作的诗歌形式的总称，是唐代第一个以个人命名的诗歌风格称号。“上官体”受到齐梁宫廷诗歌浮华文风的影响，格调并不高，《旧唐书》中给了它一个“绮错婉媚”的评价，意思是说他们的诗注重词采的绮靡华丽，显得柔婉轻浮。但上官仪重视诗的形式技巧，追求诗的声辞优美，他提出“六对”“八对”之说，以音义的对称效果来区分偶句形式，对唐诗体例的发展做出了贡献。

上官仪擅长作五言诗，代表作有《奉和山夜临秋》等。

奉和山夜临秋　　上官仪

殿帐清炎气，辇道含秋阴。
凄风移汉筑，流水入虞琴。
云飞送断雁，月上净疏林。
滴沥露枝响，空濛烟壑深。

殿前的帷帐清除了夏日的暑气，宫中辇车往来的道路上已经开始含有初秋的阴凉。击筑之声飘荡在寒风之中，优美的琴声如水般缓缓流淌。头顶飘飞的云彩送走了失群的雁，明月初升月光洗净了稀疏的树林。林间水滴从树枝上坠下发出“滴沥”的声响，烟雾弥漫的深谷飘渺幽深。

这首《奉和山夜临秋》仍是沿用着齐梁宫体诗的体例。宫体诗是指以南朝梁简文帝萧纲、陈后主、隋炀帝、唐太宗等几个宫廷为中心的诗歌总称。宫体诗既是一种描写宫廷生活的诗歌题材，又指在宫廷中形成的一种诗风。宫体诗内容多是宫廷生活、妇女仪容和男女私情，所以后来常将“艳情诗”称为宫体诗。初唐的“上官体”也属于宫体诗的范畴。

此诗首联用宫廷里随处可见的事物开篇：“殿帐清炎气，辇道含秋阴。”宫体诗的创制者，梁建文帝萧纲也写过类似的首联，“密房寒日晚，落照度窗边”（《咏内人昼眠》），隐秘的房舍外冬日映照天色已晚，夕阳的余晖缓缓移动到窗边。上官仪沿用这样的方式，带有明显的宫体诗的特点。

“凄风移汉筑，流水入虞琴。”第二联写得很漂亮，上官仪不似

前人从故纸堆中选取典故，而是自织新词，用别人没有写过的文字去描摹他眼中的美景。筑和琴都是乐器，上官仪在这里用了个比喻，拿悦耳的琴音比喻大自然的天籁。宫里的丝竹当然是好的，但在他的心里，人为的精巧远不及造化之手凭风水为弦拨弄出的清音。

奉旨唱和是件热闹的事，但上官仪却将这场热闹描摹得很安静。且这静中是有变化的。云卷云舒，断雁穿云而过；月升月落，疏林和月而明。颈联对仗工整，意象精巧，这正是上官体“绮错”的特质。除此之外，还有更精心的设计。画外还有丝丝缕缕的泛音响起。“滴沥露枝响”，是夜雨淅沥着浇湿枝头，雨水顺着枝干缓缓流淌，最终从枝头叮咚坠下。这样的一个潮湿的秋夜，雨过烟岚，雾霭沉沉，一切都是空濛的。乍看来只是写秋景，但其实，所有的情思都藏匿在景物的后头了。

作这首诗时的上官仪真的算得上志得意满了。内得君王赏识，国事多有倚重；外兼名满天下，诗风自成一体。这时春风得意的他，一众朝臣“望之犹神仙焉”的他哪里能够想到，人生的欢会，有时只是假象。伴君如伴虎，皇廷帝阙高处不胜寒，殿下为臣，纵

宋 王诜 溪山秋霁图(局部)

然是一朝显赫，又哪里抵得过皇家翻手为云，覆手为雨。后来，上官仪因得罪武后而惨遭灭门之祸，上官体也一度因此没落。

许是冥冥中自有天幸，上官家的命运并没有就此画上句号。十几年后，没入宫廷的上官仪孙女上官婉儿因聪慧善文受到武则天赏识，掌管宫中制诰，有“巾帼宰相”之称。及至唐中宗年间，上官婉儿在朝主持风雅，称量天下文士，当时朝臣赋诗皆以婉儿为词宗。上官婉儿以一介女流之躯影响一代文风，成为当时文坛的标志者和引领者，这在中国历史上是非常罕见的。上官婉儿在诗歌方面继承和发展了祖父上官仪的诗风，注重诗歌形式的精巧和声律的严整。于是“绮错婉媚”的诗风又一次影响了宫廷诗人乃至其他士人的创作方向，“上官体”再次成为了上流社会的创作主流。

上官婉儿现存诗作中，最著名的当属其代表作《彩书怨》，这是婉儿模仿思妇所作的一首闺怨诗。

彩书怨 上官婉儿

叶下洞庭初，思君万里余。
露浓香被冷，月落锦屏虚。
欲奏江南曲，贪封蓟北书。
书中无别意，惟怅久离居。

每到洞庭湖边秋叶初落的时候，便十分想念万里外的你。这个季节露水浓了，熏香的锦被上也开始有了寒意。月亮落下，斑斓的屏风因没有月光照耀已看不见。原想要奏一曲关于爱情的江南曲子，但却更想写信给身在蓟北的你。信里没有别的内容，满满的全是独居的惆怅和对你的思念。

可以看出，“上官体”发展到上官婉儿这里，比上官仪时又往前进益了。首联化用屈原九歌中的诗句“嫋嫋兮秋风，洞庭波兮木叶下”，屈原这句的意思是说，秋风吹来撩起阵阵清凉，洞庭泛起波浪落叶飘扬。婉儿此句已不见上官仪时“殿帐清炎气”那样的刻意痕迹，而是以典故入诗，流畅自然地吐露感情。颔联作对严整精巧，露浓与月落相和，香被冷和锦屏虚相对。露浓锦衾寒，所以香被冷；月落人独立，室内除了屏风外什么都没有，所以思妇感到无穷的空虚寂寞。颈联的“江南曲”和“蓟北书”一南一北，对得仿佛浑然天成。《江南曲》是乐府古曲名，大多是写江南小儿女之间嬉戏玩乐的情歌。它暗合了思妇心头一直以来的憧憬，却总是被无情的现实一次次打破。“贪封蓟北书”，还是要给身在塞外的丈夫写信，这里的一个“贪”字，相思之情借此全出。信的内容尾联也作了交代，“惟怅久离居”。

初唐以上官仪祖孙为代表的宫廷诗人对诗歌体例的发展做出了重要贡献。但应该注意的是，他们的诗作精雕细刻有余，个人体验却不足，因而注定无法承担变革齐梁诗风的重要任务。

初唐四杰

“初唐四杰”是初唐时期的四位诗人王勃、杨炯、卢照邻、骆宾王的合称。不同于宫廷诗人的地位显赫，他们四人皆年少而名大，才高而位卑，在进行诗歌创作时重视抒发自己的情怀，反对以“上官体”为代表的宫体诗歌的纤巧绮靡，提倡刚健骨气，将诗歌题材从风花雪月扩展到山河边塞、市井城池，扭转了齐梁以来的浮华习气，赋予其新的生命力。诗歌自此走出齐梁，同唐王朝一道步入全盛时期。

四杰之中，杨炯以善写边塞诗著名，所作如《从军行》《战城南》等，皆表现为国立功的战斗精神，风格豪放。卢照邻擅长七言歌行，代表作《长安古意》，笔调纵横奔放，用铺陈的笔法描绘了当时长安的生活场景，流露出对美好生活的热爱和向往之情；同时也写到权贵阶层的骄奢淫逸和内部倾轧。骆宾王也擅七言歌行，名作《帝京篇》为初唐罕有的长篇，体式自由潇洒，五言七言自在转换，讽喻时事和自伤身世兼而有之，当时天下以为绝唱。

而说起四杰，便不能不提到一个不容忽略的人物，他就是王勃。这位出身儒学世家的少年英才，初露棱角便惊艳了整个长安。如果说四杰夺去了初唐的锋芒，那么他便夺了四杰的锋芒。“落霞与孤鹜齐飞，秋天共长天一色。”一篇《滕王阁序》，历经千年传诵，流传至今。

或许是苍天也爱才，所以早早招他回去。27 岁那年，王勃在南下探父的途中溺水而逝。苍茫的大海吞噬了他年轻的生命，从此世间再没有滕王阁下那个提笔立就洋洒千言的才子，惟余他的诗文光照古今。子安子安，既字子安，云胡不安？可惜可叹，若非英年早逝的命运，不知他还会为后世留下多少精彩的诗篇。

王勃在诗歌体裁上擅长五律和五绝，代表作有《送杜少府之任蜀州》等。

送杜少府之任蜀州 王勃

城阙辅三秦，风烟望五津。
与君离别意，同是宦游人。
海内存知己，天涯若比邻。
无为在歧路，儿女共沾巾。

雄伟的长安城阙拱卫着三秦大地，透过那风云烟雾遥望着蜀地五津。心中怀着无限情意与你离别，我们同样是在宦海中浮沉的人。但只要海内还有你这个知己，纵使远在天涯也如近在比邻。所以无需在岔路分手之际，像青年男女那样悲伤流泪湿透佩巾。

自古以来，不知有多少人写离别。长亭短亭，临歧分袂，黯然销魂，悲泣良苦。那是一种由距离和情感一起绵延出的感觉，每个人的一生都会经历许多遍。

王勃也写离别。“城阙辅三秦，风烟望五津。”好友杜少府要入蜀为官了，王勃与他在秦地长安分别。离别总是伤感的，况且他们还都是宦海浮沉身不由己的小官。他们无法像宫廷诗人那般靠近中枢权贵饱得春风眷顾，只得将对功名的幻想与激情，化为不甘于人下的不平之鸣。何以飘零久？何以不得安？心里有太多的苦闷和疑问，可他们却不知应该去问谁。

但王勃就是王勃，即便是分别在即，他也要让这场别离壮阔起来。“海内存知己，天涯若比邻。”在王勃的豪情里，时空的阻隔尽皆化为齑粉。这句诗其实也有化用前人诗句的影子，三国时期陈思王曹植在写给其弟曹彪的诗《赠白马王彪》中曾写道：“丈夫志四海，万里犹比邻。”如此对比，很清楚地就能从王诗中看出曹诗的痕迹。只不过王勃将曹诗的气韵又往前推了一步，故而能够自铸伟辞，别开生面。别离千古事，情义两心知。相遇相识相知相交一场，即便被分隔在天涯的两端，可只要仍能同望一片青天同赏一轮明月，又何须洒泪长亭、作小儿女之态？

又何止是诗呢？曹植和王勃这两个人连内在的气韵都是相投的。“骨气奇高，词采华茂。情兼雅怨，体被文质。”钟嵘这一句品，

明 陶成 云中送别图

本就可以用来形容他们两个人。

明代学者陆时雍在《诗镜总论》中说："王勃高华，杨炯雄厚，照邻清藻，宾王坦易，子安其最杰乎？调入初唐，时带六朝锦色。"王杨卢骆是初唐文坛上新旧交替时出现的杰出人物，同他们的诗句一起光耀古今。"王杨卢骆当时体，轻薄为文哂未休。尔曹身与名俱灭，不废江河万古流。"杜甫曾在他的《戏为六绝句》中如此称赞他们四人。但回到真实的历史，他们没有一个人的平生是得志的。除了杨炯，其余三人甚至都没有得到善终。或许正因为如此，他们才得以承担起那些富贵显达的宫廷诗人们没能完成的变革诗风的重责大任。

杜甫的另一句诗，"千秋万岁名，寂寞身后事"，用在他们身上也是合适的。这是文学和命运的悖论。

沈宋与近体诗格律的定型

“沈宋”是初唐宫廷诗人沈佺期、宋之问的合称。他们回忌声病，约句准篇，所创作的五七言近体诗，标志着五七言格律诗已初步定型。

格律诗是在南朝永明体诗风的基础上形成的。永明体是南朝齐武帝永明年间出现的诗风，又称新体诗，以“平上去入”制韵的四声说和以“平头、上尾、蜂腰、鹤膝”等为病的八病说为主要特点。以沈宋为代表的诗人以此为基础上做了两个工作，一是把四声二元化，二是摆脱永明诗人制定的束缚，创造了一种既有程式规范又留有广阔空间的新体诗——格律诗（或称近体诗）。

《独不见》是一首拟古乐府的闺怨之作，是沈佺期的代表作之一。这首七律借用乐府古题“独不见”，《乐府诗集》题解为：“独不见，伤思而不得见也。”

独不见 沈佺期

卢家少妇郁金堂，海燕双栖玳瑁梁。
九月寒砧催木叶，十年征戍忆辽阳。
白狼河北音书断，丹凤城南秋夜长。
谁为含愁独不见，更教明月照流黄？

卢家少妇：一作“小妇”，即莫愁，这里泛指少妇。
木叶：一作“下叶”。
谁为：一作“谁知”。
更教：一作“使妾”。

卢家少妇住在以郁金香涂壁的华美房舍内，海燕成对成双地栖息在华丽的玳瑁屋梁之上。九月时节，树叶在捣衣声中纷纷下落。分离十载，丈夫远征辽阳令人寸断肝肠。白狼河北部的辽阳地区因战火导致音信全部阻断，长安城南的少妇幽居在家，倍感秋夜漫长。只得哀叹自己为那一位思而不得见的人满含哀愁，但为何那明月还要照在床帏之上。

闺怨诗是我国古典诗歌中一个很常见的门类，内容多描摹少妇、少女在闺阁中的忧愁和苦闷。这些愁苦的主要来源，无外乎她们应有的感情生活无法得到满足。唐代的闺怨诗很发达，有许多优秀的作品流传下来。像王昌龄《闺怨》中的"悔教夫婿觅封侯"，张籍《节妇吟》中的"还君明珠双泪垂"，还有李白《玉阶怨》中的"却下水晶帘，玲珑望秋月"等，都是脍炙人口的诗篇。沈佺期的这首《独不见》以其华美典雅的辞藻，生动鲜明的意境，密切结合的

唐 张萱 捣练图(局部)

情景，受到历代推崇。

“卢家少妇郁金香，海燕双栖玳瑁梁。”开篇点出主人公和她所处的环境。一位长安少妇，独自坐在以郁金香料和华美玳瑁装饰的华屋中，场景明艳得连海燕都忍不住停驻在梁上。身处在这样富贵显赫的环境里，这个女子原本足够让别人艳羡，可是，浮华终究是表象，每个人内心的痛苦只有自己知道。为什么痛苦呢？“双栖”一词道尽玄机。没有哪个妻子不希望自己和夫婿能够同那梁上双燕一般，岁岁常相见，只可惜战争将这样简单的梦都打破了。

接下来两联很工整，可以看出律诗的对仗技巧到此已经趋于完备。九月捣衣之声卷起落叶，十年边关战事空累相思。十年生死两茫茫，十年前走得匆忙的那个人，她无数次希望他明天就回来，但她其实心里并不知道他什么时候回来，甚至他还会不会回来。“白狼河北音书断，丹凤城南秋夜长。”十多年的等待，她的岁月在这饰甲雕香的华屋一点点流逝。而在这漫长寂寥的秋夜里，她的心绪远不只是相思回忆这么简单。“可怜无定河边骨，犹是春闺梦里人。”等待并不可怕，可怕的是等到最终，却等来这样的结局，她不敢想象。而在这辗转反侧、夜不能寐的时刻，明月却不谙离恨之苦，透过窗纱将明光透进来，照得床上的帷帐光影明灭，使得已经不胜愁苦的女主人公，只得将满腔的怨都迁怒于明月了。

这首诗取材于闺阁生活，言辞上虽未脱尽齐梁习气，但已经表现出对仗工整、音韵和谐的近体诗特点，读来一气呵成。虽然是借用乐府古题，但其实已经是一首较为成熟的律诗了。

同沈佺期一样，宋之问的诗歌也以对仗精密、音韵和谐见长，对格律诗体制的定型也做出了贡献。但他最为人所知的作品却是一首简短的五绝——《渡汉江》。

渡汉江 宋之问

岭外音书断，经冬复历春。

近乡情更怯，不敢问来人。

贬官岭南已经很久，这么长时间和家人的音讯都已断绝。熬过寒冬又盼过了暖春，终于盼到了渡过汉江回家的时候。但每离家近一点，心情就紧张一分。因为害怕心中的美好愿望已成泡影，所以即使遇到同乡也不敢打听家里的情形。

宋之问早前因谄事张易之和太平公主而遭贬谪，这首《渡汉江》是他于神龙二年（706 年）从贬所北归，途径汉江时所作。全诗短短二十字，却道尽物是人非。贺知章《回乡偶书》中有"儿童相见不相识，笑问客从何处来"句，刘禹锡《酬乐天扬州初逢席上见赠》中有"怀旧空吟闻笛赋，到乡翻似烂柯人"句，皆含了"近乡情更怯"的意绪。诗作开篇起得平平，追叙自己被贬至岭南的情况。岭外和家人音讯断绝，春去秋来独自在贬地熬过漫长的时间。前面的一个"断"字，兼之后面的一个"复"字，平淡中暗藏字字惊心。这样的日子定然是度日如年的，山遥水远，鱼雁无凭，梦寐相思，柔肠寸断。一年一年复一年，灰暗生命中唯一的希冀恐怕就只有同家人重逢的喜悦了吧。终于熬到了可以回家的时候，却情怯了。他害怕时光荏苒，将过往的一切全部洗涤得物是人非。他迫切地想知道家人的境况，却又极度害怕自己的心愿早已无法实现，所以他“不敢问来人”。而这千古名句,这千古之情,尽在这“不敢问”三字之中了。

“沈宋体”对格律诗成型的贡献,后世多有称道。元稹就曾品论说:“沈宋之流,研练精切,稳顺声势,谓之为律诗。由是而后,文体之变极焉。”这是对他们诗歌艺术手法的肯定。但由于他们在内容上并不见新意和发展,故而仍不足以开一代新风。

“兴寄”和“风骨”

“兴寄”和“风骨”是初唐诗人陈子昂的诗歌主张。“兴寄”是指诗歌应该具有充实的思想内容，“风骨”是指诗文应该由直接的言辞和豪爽的意气统一结合而成。陈子昂是初唐诗坛上变革诗风的重要诗人，后人称赞他的诗文“首起八代之衰”，意思是说他的诗文最先提振了之前八个朝代的衰靡文风，这是相当高的评价。他是唐睿宗文明元年(684年)进士，因文才出众受到武后赏识，后升任右拾遗，世称“陈拾遗”。

陈子昂生性耿直，少年时意气纵横，以行侠仗义为己任。做官后更敢于直谏，陈言武朝弊病。但他的意见上不被武则天采纳，下受到同僚排挤，因此一直郁郁不得志。武则天万岁通天元年(696年)，契丹攻陷营州。武则天派建安郡王武攸宜等率兵讨伐，陈子昂随军出征。武攸宜性格轻率没有谋略，次年一次兵败后，陈子昂自请率一万兵士作前锋以击敌，武不允。陈子昂再次向武攸宜进言，武不仅不听，还把他降为军曹。陈子昂壮志难酬，眼看报国宏愿成为泡影，他登上蓟北楼，思及远古明君贤臣之事，心怀凄怆，写下了这首千古传颂的《登幽州台歌》。

登幽州台歌 陈子昂

前不见古人，后不见来者。

念天地之悠悠，独怆然而涕下。

向前看不见古代贤明的圣主，向后看不见后世求才的明君。只有苍茫的天地悠悠无限，低头面对自己满怀悲怆热泪纷纷。

一个人生而怀才，总归是想要做成一些事情的，仿佛不这样就不足以向自己的命运交代。陈子昂无疑是怀才的，昔日长安摔琴而叹的那句“有文百轴不为人知”，一时令帝京为之侧目。然而这太过喧嚣的往事对他而言或许已不算幸事了，这些年多少浮沉，此时已近不惑之年的他，眼见无数繁华褪去，人生开始露出真相。生不逢时，怀才不遇。他回头看不见古人，举目望不见来者。谁是古人呢？他在同期所作的组诗《蓟丘览古赠卢居士藏用七首》中给出了答案。“丘陵尽乔木，昭王安在哉”（其二《燕昭王》），“乐生何感激，仗义下齐城”（其三《乐

元 郑樗 沧浪独钓图

生》)。燕昭王是战国时期有名的贤明君主,他将黄金堆于高台上,招来了乐毅、郭隗这样的贤士加以重用,最终打败了强盛的齐国,造就了燕国盛世。失意的陈子昂登临高台之上,对先贤们的事迹遥遥钦慕,但是那样的贤君明主早已尘封在历史中遥不可及,后来或许能出现的贤明君主自己恐怕也不能见到了。时间的悠长和空间的辽远,所有的一切都将他遗弃,只剩他一个人"念天地之悠悠",品尝这永恒的孤寂。

但孤独是最经不得细品的,尤其陈子昂还将这种怀才不遇的孤独搁置在无限辽远的时空中。"怆然而涕下"前的一个"独"字,将他心头郁结的悲愤烘托到极致,读来令人心头为之狠狠一颤,为他怀才不遇的悲伤,也为《登幽州台歌》中所蕴藏的人类永远无法逃脱孤独的宿命。这首二十二字的短诗,由此引起历代人们广泛的共鸣。写下这首诗两年之后,壮志未酬的陈子昂毅然辞官回乡,后遭奸人所害,冤死狱中,时年四十二岁。

除去《登幽州台歌》和《蓟丘览古赠卢居士藏用七首》外,陈子昂的代表作还有《感遇》诗三十八首。这组诗作同前两者的风格一致,是陈子昂感于平生所遇之事而作,慷慨有力,富有现实意义。陈子昂是继"四杰"之后变革唐代诗风的重要诗人,他所提倡的"兴寄"和"风骨",为诗歌走向盛唐做出了卓越贡献。

宫体诗的自赎

20 世纪 30 年代，闻一多在《宫体诗的自赎》一文中写道："从梁简文帝当太子到唐太宗晏驾中间一段时期，正是谢朓已死，陈子昂未生之间一段时期""这期间没有出过一个第一流的诗人"，而处在这一时期的诗人们制造了"人人眼角里是淫荡，人人心中怀着鬼胎"的宫体诗。宫体诗在手法上注重辞藻的绮丽、对偶的严整和声律的和谐。

进入初唐的宫体诗继"绮错婉媚"的上官体后，四杰中的卢照龄、骆宾王也为它谋得了新的出路。卢照龄的《长安古意》和骆宾王《代女道士王灵妃赠道士李荣》两首长诗虽还是明显能看出宫体诗浮华的痕迹，但它们已经超脱出多数宫体诗绮靡俗艳的味道，显得极富气势和力量，同时还蕴藏有深厚的感情，这就跟从前这一诗体中浓浓的游戏感和空洞的内容截然不同。而恰恰就在卢、骆初洗宫体诗铅华的时刻，唐代诗坛上出现了刘希夷的《代悲白头吟》。

代悲白头吟 刘希夷

洛阳城东桃李花，飞来飞去落谁家？
洛阳女儿惜颜色，坐见落花长叹息。
今年花落颜色改，明年花开复谁在？
已见松柏摧为薪，更闻桑田变成海。

古人无复洛城东，今人还对落花风。
年年岁岁花相似，岁岁年年人不同。
寄言全盛红颜子，应怜半死白头翁。
此翁白头真可怜，伊昔红颜美少年。
公子王孙芳树下，清歌妙舞落花前。
光禄池台开锦绣，将军楼阁画神仙。
一朝卧病无相识，三春行乐在谁边？
宛转蛾眉能几时，须臾鹤发乱如丝。
但看古来歌舞地，唯有黄昏鸟雀悲！

洛阳城东的桃花李花，随风飘来飞去不知花落谁家？洛阳女子爱惜美丽的容颜，独坐院中望着零落的花瓣长声叹息。今年花落时节我的容颜也因之衰减，明年花开时节不知还有谁在？已看松柏被砍作柴薪，还听闻那桑田变成了汪洋大海。古人现在已经不再悲叹洛阳城东边凋零的桃李花了，而今人却依旧面对风中飘零的落花而暗自伤怀。年年岁岁的繁花依旧，岁岁年年的看花人却不相同。请转告正当青春的红颜少年，应该怜惜行将就木的白头老翁。如今看他白发苍苍煞是可怜，但他从前也曾是一位风流倜傥的红颜美少年。也曾与公子王孙一道在芳树之下寻欢作乐，也曾在落花之前吟赏清歌妙舞。也曾像东汉光禄勋马防用锦绣装饰池台，也曾像贵戚梁冀在亭台楼阁间四处涂画神仙。但如今一朝卧病便无人理睬，往昔的所有乐事如今都不知在哪边？青春容颜能保有几时？须臾之间便已鹤发霜颜。你看古往今来那些歌舞地，如今只剩下黄昏时节悲啼的鸟雀。

清 余集 落花独立图

刘希夷是高宗上元二年(675年)进士,相传他是宋之问的外甥。他擅长作歌行,尤其是闺情,用词柔婉华丽,多含感伤情调。《代悲白头吟》中最有名的“年年岁岁花相似,岁岁年年人不同”一句,以花喻人,用“年年岁岁”和“岁岁年年”相对,回旋跌宕。“花相似”和“人不同”的对比,将人世间的生灭变化同大自然的荣枯联系起来,读来使人触目惊心。这句诗流传至今广为人知,相传刘希夷的舅舅宋之问曾想将其据为己有,刘希夷不愿,宋之问就派人将他压死,死时他年仅二十九岁。

如果说卢照龄和骆宾王为宫体诗注入了丰

沛的感情，那么刘希夷就将这份感情深刻化了。诗从开篇红颜少女感叹落花易逝、红颜易老，写到后来白发老翁感慨遭遇坎坷、无人问津，由极盛写到衰败，抒发出世事无常的慨叹。“寄言全盛红颜子，应怜半死白头翁”，将红颜少女和白发老翁这两种截然不同的意象联系起来，红颜女的将来就是白头翁的今日，白头翁的今天正是红颜女的未来，虽看似不同人却实际上同命，因而更应该惺惺相惜。

《代悲白头吟》糅合了汉魏歌行、乐府和南朝宫体诗的艺术经验，音韵和谐婉转，言辞优美流畅，诗中夹叙夹议夹抒情的手法，也使得此诗的主旨一目了然。它将宫体诗的风格由低靡纤弱引向了清新明快，诗中含有的深刻哲学意蕴代表着初唐诗人在创作宫体诗时，已经开始注意将美和哲理引入到诗歌中。闻一多先生曾评价说：“如果刘希夷是卢骆的狂风暴雨后宁静爽朗的黄昏，张若虚便是风雨后更宁静更爽朗的月夜。”而刘希夷实际上只距张若虚半步之遥，离绝顶已不远了。

孤篇盖全唐

《春江花月夜》是唐代诗人张若虚的作品，一直以来都被誉为宫体诗的巅峰之作。清末学者王闿运曾评价说它“孤篇横绝，竟为大家”(《论唐诗诸家源流》)，就是说张若虚仅凭这一首诗就能名列唐代诗词大家的行列了。而作者张若虚只有两首诗传世，《春江》是其中之一，所以后来又有了“以孤篇盖全唐”的美誉。这首诗意境空明，言辞清丽，虽然被划在宫体诗范畴中，但却洗净了六朝宫体诗浓郁的脂粉气。而且它音韵优美，脍炙人口，因而流传甚广，千百年来引无数读者为之倾倒，闻一多先生称赞它是“诗中的诗”“顶峰上的顶峰”，一百年间梁陈隋唐四代宫体诗所遗下的轻薄弊病，因为有了《春江花月夜》的存在，也都似可原谅了。

芳甸(diàn)：遍生花草的原野。
霰(xiàn)：天空中降落的白色不透明的小冰粒。

春江花月夜　　张若虚

春江潮水连海平，海上明月共潮生。
滟滟随波千万里，何处春江无月明！
江流宛转绕芳甸，月照花林皆似霰；
空里流霜不觉飞，汀上白沙看不见。
江天一色无纤尘，皎皎空中孤月轮。
江畔何人初见月？江月何年初照人？
人生代代无穷已，江月年年望相似。
不知江月待何人，但见长江送流水。

白云一片去悠悠，青枫浦上不胜愁。
谁家今夜扁舟子？何处相思明月楼？
可怜楼上月徘徊，应照离人妆镜台。
玉户帘中卷不去，捣衣砧上拂还来。
此时相望不相闻，愿逐月华流照君。
鸿雁长飞光不度，鱼龙潜跃水成文。
昨夜闲潭梦落花，可怜春半不还家。
江水流春去欲尽，江潭落月复西斜。
斜月沉沉藏海雾，碣石潇湘无限路。
不知乘月几人归，落月摇情满江树。

碣(jié)石、潇湘：泛指天南地北。潇湘：湘江与潇水。

春江的潮水水势浩荡，直与大海连成一片。一轮明月仿佛与潮水一起涌出来。春江波浪闪动激荡千里，哪里的春江没有明亮的月光照耀？江流曲折地围绕着花草丛生的原野流淌，月光照耀着开遍鲜花的树林，春花莹洁得仿佛细密的冰珠。月色如流霜般飞动使人无从觉察，洲上的白沙和月色交融在一起看不分明。江水、天空连成一色没有分毫的灰尘，皎洁的夜空中只有一轮孤月高悬。到底是谁最先看见了江畔的月，江畔的月到底是何时开始照人？人生代代无穷无尽，江月年年却总是相似。不知道明月是在等待何人，只见长江不断地运送着流水。一片白云悠然地离开，思妇立于青枫浦不胜离愁。谁家的游子坐着小船飘荡，何处的思妇将思心托付给明月照耀的高楼？可怜楼上月光正在悄悄地移动着，它应该正照耀着离人的梳妆台。月光流进思妇卷不走的门帘上，照在她拂不去的捣衣砧上。此时我与她共看一轮明月，却听不

清 费丹旭 月下吹萧图

到彼此的消息，我多想随月光一起流到她的身边！鸿雁不停飞翔却无法飞出无边相笼的月光；鱼龙在水中跳跃，激起阵阵波纹。昨夜梦见花瓣轻落闲潭，可惜春天已过一半却仍不能归家。江水仿佛要将这春光都流尽，水潭上的月亮又要从西边落下。斜月慢慢下沉，藏匿在海上的迷雾里，碣石与潇湘的离人距离无限遥远。不知有几人能趁着月光回家，唯有那西落的月亮摇荡着离情，洒落江边的树林。

一首诗美到这个地步，简直可以说如一场梦一样。单是诗的题目就已经极富韵致，春，江，花，月，夜，中国文字能组合出多么绮丽的意境，这首诗便算已臻化境了。仲春和风徐徐的傍晚，诗人青衫落拓，独自一人漫步在野花盛开的江畔。天色渐渐暗淡下去，皎洁的月轮缓缓浮上江面，照见江上浮光跃金，静影沉璧。眼前绝美的景色让诗人看得痴了，竟情不自禁地步入江畔的花丛中。他的衣袂拂过花丛，朵朵野花被它摇动而撩起阵阵幽芳。

光是想象这幅画面就已经足够令人痴迷，更何况还有那么美的一首诗。《春江》一共三十六句，并不是全部都押一个韵脚，而是四句就换一韵，再加上诗中没有使用复杂的话语，都是清丽浅白的词句，所以显得灵动活泼，读起来使人飘飘欲仙。“春江潮水连海平，海上明月共潮生。滟滟随波千万里，何处春江无月明。”千百年来江天月色，都在他一人笔下了。如同月光照耀下的万里长江画卷，同时寄寓着游子思归的离别相思之苦。

《春江》与其说是诗，倒不如说就是一幅画。在这幅画里，月亮始终明明柔柔地照着。它照耀着江流，照耀着花林，照耀着汀上的白沙。这月太美了，美得让人生出独占欲来，诗人甚至忍不住希望这江月亘古以来就只照耀过他一个人了。“江畔何人初见月？江月何年初照人？”但他当然知道知道这是不可能的，“人生代代无穷已，江月年年只相似。不知江月待何人，但见长江送流水。”恐怕就是因为读了这首诗吧，所以苏轼才写出那一句“哀吾生之须臾，羡长江之无穷”。

原本诗意到此也可以结束了，到这里已经算是一首完整的诗了。但张若虚却舍不得就此结束，为什么呢？恐怕是因为头顶的明月还在照着吧！它的明光流泻下来，流过扁舟，流上明月楼，流到离人的镜台上。这时候的明月也仿佛有了意识一般，“可怜楼上月徘徊”，它为什么徘徊不肯离去呢？是因为感知了思妇的孤独，因而想要与她作伴吗？明月从来都和思念相关，游子思乡望明月，闺人思君也望明月。但是相思太苦了，苦到思妇已不愿与这月色相看。可是，明月却仿佛故意和她作对似的，“玉户帘中卷不去，捣衣砧上拂还来”，最后思妇也只能妥协了，她将心事寄与明月，希望它也能代自己照耀身在远方的丈夫。

最后八句，张若虚写“可怜春半不还家”的游子。他并没有用多余的笔墨去描摹游子心理的变化，而是用沉沉的雾霭和岸边的岩石来映衬他漂泊的孤寂和思念家乡的感情。他在离开江畔前想，不知道多少人能趁着这幽美的春江夜色回到自己的家乡。“落月摇情满江树”，这个问题或许还没有得到答案，属于这月夜的所有情绪，都随着明月的下落而洒满江天了。

《春江花月夜》也是乐府旧题，不是张若虚的首创。在他之前之后，南朝陈后主、隋炀帝、温庭筠等都用它作题目写过诗，但张若虚这一首《春江》的出现，使得其他人的同题诗再难获得世人的关注。这首诗以它的清新流丽向前一扫宫体诗轻薄百年的弊病，又以它的广阔格局向后又同陈子昂一道开辟了诗入盛唐的道路，的确配得上“以孤篇盖全唐”的美誉。

诗画山水

山水诗是中国古典诗歌中最重要的门类之一，以描摹清山秀水的风景为主要内容，但有时也不纯写山水，也夹杂着作者的个人感情。汉末曹操《观沧海》可谓第一首描写自然山水的名作，后经过陶渊明、谢灵运等人的发展而蔚然成风，但这一门类的诗歌却是在唐代才达到了顶峰。王维是盛唐乃至中国文学史上山水田园诗派成就最高的诗人。他能诗善画，作诗时能将画理引入进去，作画时也能将诗意浸润到画中，打通了诗画之间的关节。所以苏东坡评价他“诗中有画，画中有诗”。他与孟浩然合称“王孟”，自李、杜外，别开一体，自成一宗，对后世影响极大。

王维是唐朝开元盛世时的进士，唐朝河东人。早时官做到了正五品给事中，后在安史之乱中出任伪职，乱平后降为太子中允，后官至尚书右丞，故亦称“王右丞”。王维早年时曾有过积极的政治抱负，希望能做出一番大事业，也写过不少气势雄壮的盛世诗篇。但到了后来，因为政局变幻仕途艰难，王维入世的愿望在一次次浮沉后消退下来。于是他在长安东南的蓝田县修建了一座辋川别业，想在朝政之余远离烦忧悠闲自在，与朋友随心唱和，从此过着半官半隐的生活。王维的山水诗大都写于这一时期，他将骨子里的画心和佛性寄于山水，将中国古典山水诗推到了前所未有的高峰。其中最有名的当属《山居秋暝》。

山居秋暝　王维

空山新雨后，天气晚来秋。
明月松间照，清泉石上流。
竹喧归浣女，莲动下渔舟。
随意春芳歇，王孙自可留。

空山刚刚下过一场新雨，夜晚来临使人感到初秋将至。明月从松隙间落下清光，泉水在山石上淙淙淌流。竹林喧响应是姑娘浣衣归来，莲叶轻摇想是渔船溪边落下。春日的芳菲不妨任随它消歇，王孙自可以在山中久留。

所谓“诗中有画”，说的应该就是这样的一类诗歌吧。读来有诗朗朗上口的音韵，但诗尾未至，一幅清晰的水墨丹青便悠悠然浮现至眼前。秋天的傍晚，山间是空寂的。恰好新落了一场雨，四下空气清新怡人。此时浮现在诗人眼前的是怎么样的景致呢？重峦叠嶂之间，风徐徐扫过松林。举头是当空的明月，柔白的月光落在林间。林下溪流潺潺而过，泉下的山石被流水冲刷得光洁。这样寂静而又富有禅意的美景，仿佛随处可见，但似乎又只在极少数人的心间。而在这极少数人中，不知又有多少能将其描摹得这样浑然天成，不露雕琢的痕迹，但王维就做到了，毫不刻意地信笔写来，全然不着一字，却已得尽风流。

许是这样幽寂的景致终究还是太静了，需要一些声响来将它打破。“竹喧归浣女，莲动下渔舟。”一群少女洗完衣服，一路说笑着穿过林子归来了。应着她们清脆的笑声，有渔船缓缓而来，将河里的莲叶拔分两侧。泉水，青松，翠竹，青莲，所有的一切都是这样的美好，这或许就是王维心中梦寐以求的生活。所以他情不自禁地喊出那句："随意春芳歇，王孙自可留。"他在这片山水间找到了足以安放自己灵魂的所在，这样的世外桃源与他一直疲于应对的朝堂政事截然相反，如果可以，他或许真的希望能长长久久地留下，不再离开。

王维母亲信佛，受其影响，王维从小也笃信佛法，这种禅意和佛性后来直接体现在他的诗文中，因而王维也被人誉为"诗佛"。王维诗中的禅意集中体现在他的田园组诗《辋川集》中。

鸟鸣涧 王维

人闲桂花落，夜静春山空。
月出惊山鸟，时鸣春涧中。

山谷寂静无人，只有桂花在无声地飘落着。春夜的寂静使得山中更显空荡。明月初升惊动了深山中的鸟，使之时不时在山涧中发出一阵清脆的叫声。

《辋川集》有组诗二十首，全是五言绝

元 唐棣 王维诗意图

句，每首都像是一幅精美的绘画小品，安静地描绘了王维的闲居别墅辋川一带的山光水色。就如这首《鸟鸣涧》，全诗就二十个字，没有任何复杂的词语，出现的意象也很简单：闲人，桂花，静夜，春山，明月，山鸟，春涧。诗人心灵闲静，远离了世事的纷扰，独自一人身在寂静的春山夜色中。身心所处的环境都这样寂静，因而桂花花瓣坠落这样小的动静也能为他所感知。此时明月初升，惊动了林间酣睡的山鸟，但也只是使它鸣叫罢了，并未让它飞走，只在林间时而发出一声啼鸣。

这样的一切，远离了喧嚣，根本看不出分毫的烦扰，诗人的心境和这春山的寂静相契合。王维擅长写静景，即便是动态的事物投入他的诗文也很容易染上静的感觉。这与佛教的禅意正是一脉相承的，禅宗教化人们要摆脱世事的烦恼，求取精神上的宁静淡泊。于是在王维的诗中，常常可见那种清新淡雅的韵味，带着隔岸观火的出世之感，营造出种种只可意会不可言传的画面。

王维带着禅心佛性描绘自然风景，赋予了他诗中山水与众不同的韵味，这使他在盛唐诗坛上取得了高度成就，成为山水田园诗派的代表人物。他继承和发展了以往山水诗的传统，对陶渊明田园诗的清新自然也有所吸取，使山水田园诗的成就达到了一个高峰。

轻描淡写话田园

孟浩然是唐代著名诗人，同王维一样是山水田园诗派的代表，合称为“王孟”。因他是襄阳人，世称“孟襄阳”。孟浩然生于盛唐，早年有入世之志，中年时曾游学长安，应进士不第。又曾在太学赋诗，名动诸公。孟浩然性情耿直，洁身自好，不慕荣利，仕途上饱经困顿，最终归隐田园。

孟浩然虽在仕途上不得志，但因他耿介不随的性格和清白高尚的情操，为同时和后世所倾慕，王维、李白、杜甫、王昌龄等著名诗人都是他的挚友。李白曾作诗盛赞他道：“吾爱孟夫子，风流天下闻。红颜弃轩冕，白首卧松云。（《赠孟浩然》）”

唐 王维 江干雪霁图卷

孟浩然的诗歌内容主要是描摹山水田园的风光和羁旅行役的心情。他的田园诗作得比王维要早,成就却没有王维大。归结原因,多是因为他一生仕途不顺,作诗时难免将这种不甘寄情于诗,导致他的诗歌总体上内容单薄,部分诗作更流有牢骚之气,显得气量不够高远。而王维一生半官半隐,出仕入仕,又在安史之乱中历经离丧,所以对世情有独到深刻的体悟,又加上他本人的禅心和佛性,体现在诗歌上往往意趣清远,无迹可寻。但孟浩然善于从平淡自然中发现景致,遣词用字也不刻意雕饰,而是清淡雅致,仿佛信手拈来,富有物外之趣。如《夜归鹿门歌》:

夜归鹿门歌 孟浩然

山寺钟鸣昼已昏,渔梁渡头争渡喧。
人随沙岸向江村,余亦乘舟归鹿门。
鹿门月照开烟树,忽到庞公栖隐处。
岩扉松径长寂寥,唯有幽人自来去。

岸:一作"路",一作"道"。
开烟树:一作"烟中树"。

当山寺中钟声响起的时候,天色已经昏暗下来。渔梁渡口的人们正因争先过河而喧闹不已。行人沿着沙岸向江村走去,我也乘着小船回到我居住的鹿门。鹿门山上的明月照亮了朦胧的树影,忽然就来到了庞公隐居的地方。岩穴的山门及松间的小路一直那样寂静,唯有我一个隐居的人独自来往。

看似很淡的一首诗,既没有李白那样能让人眼前一亮的漂亮字眼,也没有杜甫那样令人心惊的沉郁韵律。这样淡的诗,放在浩瀚如海的唐诗中,如果不刻意留心,很容易会被忽略。就如他那首几乎人尽皆知的《春晓》，只有短短二十个字，“春眠不觉晓，处处闻啼鸟。夜来风雨声，花落知多少。”淡到极致却浑然天成，韵味悠长，不知觉间便渗入人心。

《夜归鹿门歌》是一首七言古诗，诗题中的鹿门指的是襄阳城外的鹿门山，与孟浩然所住的岘山不远，乘船很快就能到。相传汉末时著名的隐士庞德公就隐居在鹿门山，此后鹿门山就成了著名的隐逸之地。孟浩然四十岁长安谋仕不成后，又在吴越一带游历多年后返乡，历经沧桑的他，决定追寻前代隐士的遗踪，于是也在鹿门山上修建了一个住处，用来表达自己归隐的情怀。

傍晚时分，山寺的钟声悠然响起，孟浩然由自己所住的岘山南院渡汉江前往鹿门。夕阳西下，他望见了不远处的渔梁渡头。他没有多花费笔墨去描摹眼前夕阳西下的美景，就只是平淡地叙述，描写渡口人们争相回家的喧闹场面。身后是山寺悠远的钟声，眼前是世俗人声的喧嚷，诗人独自一人，将出世与红尘隔绝在两边。夕阳渐渐落下，天色也随之暗淡了下来。“鹿门月照开烟树”，

明 王绂 为密斋写山水图

鹿门山上的树木静立在山间，先是被烟雾一笼，然后又被月光一照，恍然间诗人被眼前的景色陶醉，竟连自己何时到了鹿门都不知道。“庞公栖隐处”，一语道破隐逸的真谛。但隐逸生活到底还是不若入世的热闹，岩扉松径，长夜寂寥，在这样与世隔绝的天地里，只有“幽人”自己独来独往，相伴山林。

从夕阳西下到皓月当空，从汉江江畔到鹿门烟树，全诗自然浑成，笔墨干净，与其说孟浩然是在作诗，倒不如说他是在说话。而且这话说得也不是那么华丽的，只是在很平淡地表达他自己。落花无言，人淡如菊，淡到极致，才是孟浩然。

孟浩然是唐代第一个大量写作山水诗的诗人，开王维先声。使得盛唐田园山水诗在继承前朝陶渊明、谢灵运的基础上，又向前有了新的发展，极大地影响了后世山水田园诗的创作。

李白与浪漫主义的集大成

唐王朝走过了百年的历程，到了唐玄宗开元年间乃步入全盛时期。国力的强盛和政治的开明，催生出一大批优秀的文人墨客，其中影响力最大，也最为人所津津乐道的，当属著名的浪漫主义大诗人李白。

李白字太白，号青莲居士，是中国历史上继屈原后最伟大的浪漫主义诗人，因其诗风浪漫飘逸，纵横恣肆，想象雄奇，艺术价值极高，后人誉之为“诗仙”。他经历坎坷，身份复杂，既是一个天才的诗人，又是游侠、刺客、隐士、道人。儒家、道家和游侠三种思想，在他身上都有体现。李白和杜甫是唐诗乃至我国诗歌史上最璀璨的两颗明星，代表了我国古典诗歌的最高成就。李白的诗歌，以乐府、歌行及绝句三类成就最高。

李白的乐府诗，内容主要在借古喻今和借古抒怀。他将自己高妙绝伦的才情和疏狂任真的性情融于诗歌创作中，又加上他小时候生长在巴蜀一带，从小就受到当地民歌的熏陶，他把自己吸收到的一切都用于乐府诗歌创作中，将乐府诗推到了后人再难企及的高度。李白的《蜀道难》《将进酒》《行路难》《长相思》等名篇，都是传诵千古的名作。

长相思（其一） 李白

长相思，在长安。

络纬：又名莎鸡，俗称纺织娘。
簟(diàn)：竹席。

渌(lù)水：一作"绿"，清澈的水。

络纬秋啼金井阑，微霜凄凄簟色寒。
孤灯不明思欲绝，卷帷望月空长叹。
美人如花隔云端！上有青冥之长天，
下有渌水之波澜。
天长路远魂飞苦，梦魂不到关山难。
长相思，摧心肝！

长相思，我思念的人远在长安。秋夜里纺织娘在井栏啼鸣，微霜浸透了清寒的竹席。孤灯昏暗暗思情无限浓烈，卷起窗帘望明月仰天长叹。美人相隔在九天云端。举头有高远的青天，在下有碧水的波澜。天长地远，梦魂也很难飞跃这重重关山。长相思，相思之情痛断肝肠。

《长相思》是乐府旧题，常用来表现男女间相思绵绵之意。李白这首诗写于秋天，写男主人公在一个秋夜里因为思念而无法入眠的情景。

自古相离后总盼相见，可是隔着重重的阻隔几乎断绝了音讯，更难知再会之期，思念到最后，也只剩下漫长的虚无，他只知道他所爱的那个人在长安。不眠的秋夜里，所有的孤冷都显得那样清晰，庭中井栏上，纺织娘鸣声阵阵，一声一声都像是打在离人心上。庭外寒霜遍地，染上簟席不胜清寒。寒的是身，还是心呢？他回答不上来，只见眼前孤灯明灭昏暗，相思难慰之情止都止不住，虽然知道做什么都没用，但是如果什么都不做，这一腔幽怨又凭何排遣？于是叹息着走向窗前，卷起窗帘望向天幕上的明月。但是上有苍茫的长空，下有浩瀚的江河，天长路远，心中的那个人终究一梦难求。最终只能是，遥望长安，心肝断绝。

李白的乐府词清意爽，即便是相思离别这样悲伤的场景，仍能叫他写得意境开阔，风姿俊逸，具有豪迈之气。而且单就这首《长相思》来说，李白还藏了别样的心思在里面。中国古典文学从《离骚》开始就有以“美人”喻理想追求的传统，且诗中的“长安”也可以暗示为一种政治理想的托寓。因而，李白这首貌似写爱情的诗很有可能是在借以述怀，表现他壮志难酬的苦闷。只不过李白将这些深意又隐含在意象中，别富意蕴。

李白歌行的创作成就高于乐府，现在常将李白古体诗中以歌、行、吟等为题的长篇诗歌作为其歌行的代表作，诸如《襄阳歌》《少年行》《古朗月行》《江上吟》《梦游天姥吟留别》《庐山谣寄卢侍御虚舟》等，都是他歌行魅力最集中的体现。李白的歌行完全打破诗歌创作的所有格式，无论句式的变化还是音节的错落都自在无拘，只随着他任性的诗笔而千变万化，形成回

明 唐寅 秋风纨扇图

旋振荡的节奏和豪迈飘逸的风格。李白的部分歌行作品将在后面几个章节中详细解析。

唐代有许多擅长作绝句的诗人，王维、孟浩然擅长五言绝句，王昌龄擅长七言绝句，而五绝与七绝都擅长且都臻于极境的，却只有李白。李白流传在世的绝句有许多，知名的有《黄鹤楼送孟浩然之广陵》《望庐山瀑布》《赠汪伦》《静夜思》《独坐敬亭山》，等等。他的绝句风格自然明快，如同信手拈来般飘逸潇洒，总能以简洁明快的语言表达出无尽的言外之趣。比如他的《山中问答》。

山中问答 李白

问余何事栖碧山，笑而不答心自闲。

桃花流水窅然去，别有天地非人间。

窅（yǎo）然：深远，幽寂。窅，一作“杳”。

你问我为了什么隐居在碧山，我只笑不语，心情自在悠闲，此间桃花盛开流水远去，别有一番天地，岂是碌碌人间！

这是一首写隐逸的诗，李白一生爱好山水，曾经多次隐居山林。这首诗应该作于开元十五（727年）年他隐居湖北安陆碧山桃花岩时期。这首七绝不像李白其他的诗篇那样纵横起落，而是显得轻巧灵透，读来有悠然的闲适感，听起来就像是一次很平常的问答。但就是这样的朴素，李白都能将这诗境营造得朦朦胧胧，让人虚实难辨。他描摹他所居住的地方，桃花灼灼盛放，流水潺潺流远，这里别有一片天地，早不是碌碌人间。全诗意境深邃，其中真意，似轻却重，似淡却浓，明代李东阳评价这首诗的诗境时说：“可与知者道，难为俗人言。”

李白的乐府、歌行和绝句以及其他诗篇，代表着唐诗的最高成就，对后世乃至今天都有着深远影响。

杜甫与律诗格律的完善

杜甫字子美，祖籍湖北襄阳，生于河南巩县，是中国历史上最伟大的现实主义诗人。他在世时声名并不显赫，但去世后却备享哀荣。因其诗歌的辉煌成就和深远影响，后人将他同李白并称"李杜"。他是初唐著名诗人杜审言之孙，算是出身名门，只不过到他这里早已家道中落。杜甫早年积极求仕，曾在开元后期入长安考取进士，但没能考中，后来寓居长安近十年，也没有得到官职。安史之乱中谒见肃宗，被授予了一个左拾遗的官职。后弃官，携带家眷移往成都，受到好友严武的资助，在成都郊区浣花溪结草为庐，世称"浣花草堂"。后经严武推举，被任命为检校工部员外郎，世称杜工部。后严武去世，失去依仗的杜甫带着家眷离开四川东下，一路漂泊，最终病死在湘江途中。

杜甫历经战乱，他的诗作真实地再现了唐王朝由盛转衰的历程，因而被称为"诗史"。

杜甫擅长古体诗和律诗，他的古体诗多描摹时事，抒发感怀。其中著名的有"三吏""三别"，以及《北征》《羌村》《自京赴奉先县咏怀五百字》等，深刻地反映了安史之乱中广大人民受到的深重灾难，表达对劳动人民的深切同情。又如他的《赠卫八处士》，抒写经历离散后偶遇少年好友的场景，情真意切，感人至深。

赠卫八处士 杜甫

人生不相见，动如参与商。今夕复何夕，共此灯烛光。
少壮能几时？鬓发各已苍！访旧半为鬼，惊呼热中肠。
焉知二十载，重上君子堂。昔别君未婚，儿女忽成行。
怡然敬父执，问我来何方。问答乃未已，儿女罗酒浆。
夜雨剪春韭，新炊间黄粱。主称会面难，一举累十觞。
十觞亦不醉，感子故意长。明日隔山岳，世事两茫茫。

参（shēn）与商：参、商星座名。参在西，商在东，当一个上升，另一个下沉，故不相见。
父执：父亲的朋友。指杜甫自己。
儿女罗酒浆：一作“驱儿罗酒浆”。
间（jiàn）：掺合。

人生一旦分离，就仿佛参商二星一般此起彼落不得相见。今晚真是一个格外幸运的日子，得以与你挑灯互诉衷肠。青春壮年能够持续多久呢？不觉间你我都已是白发苍苍。寻访故友大半都已逝去，见到活着的人忍不住惊其仍在，胸中热流回荡。真没想到阔别二十年后，还有机会再次登门拜访。当年握别时你还没有成亲，今日见到你儿女竟已成行。他们敬重父亲的好友，一直热情地询问我来自何方。我话还没有说完，他们便已张罗好酒筵。桌上放着雨夜割来的春韭，刚烧好的黄粱掺米饭香气四溢。你说难得有这个机会见面，于是一口气喝了十几杯。十几杯酒也难得一醉，我真切感受到你对故友的情深意长。明朝你我又要被山岳阻隔，此后漫长的人生诸事难料世事渺茫。

这首诗是肃宗乾元二年（759 年）的春天，杜甫从洛阳返回华州途中，偶遇少年知交好友卫八所作。和李白的纵情湖海，笑傲江山不同，杜甫一生的漂泊大都是被动的。乾元元年的冬天，杜甫因上疏救房琯，被贬为华州司功参军。这年冬天杜甫曾告假回东都洛阳，回程时从洛阳经潼关回到华州，卫八的家就在杜甫回程时经过的奉先县。在奉先县，杜甫探望了隐居在乡间的少年时代的友人。

"爱别离"是著名的佛教八苦之一，人生不如意者十有八九，命运动辄让渴望在一处相守的人，像天上的参、商二星一样，不得相见。一夕相会，余生苍茫，烛光摇曳之下，这场相逢简直像虚无的梦一场。少年时的容颜"能几时"？别离经年，彼此皆霜染华发，不复昔日的模样。安史之乱后生灵涂炭，神州大地上满目疮痍。因为这一场大乱，时年四十八岁的杜甫就已发出"访旧半为鬼"的感叹，这样一句平平常常的叙事，初看并不显眼，但越品越让人寸断肝肠。在那样一个时代，恐怕谁都不能保证自己能活得过明天。"焉知二十载，重上君子堂"，既有劫后余生的庆幸，又隐含着无尽的苍凉。

都说人间别久不成悲，但一晃二十年过去，忽见好友儿女成行，反看自己，不经意间迟暮竟然就这么到来了。朋友的子女们替诗人张罗着饭菜，乡野地方当然不可能有什么山珍海味，但也是故友倾尽所有的招待了。重逢的喜悦还没有在心里流淌多久，现实的悲哀就如影随形，所以只能喝酒，借此来麻醉自己，卫八一饮十杯，杜甫心情的激动更是不亚于故友。但是欣喜之后，无尽的哀伤却席卷上来。"明日隔山岳，世事两茫茫。"昔日的离别之苦，都在今时今日的这一场重逢里消弭了，可明日离别后，此生可还有再见之年？

这首诗写得平静自然，仿佛诗人只是在随手记录他真实的见闻，与他的"三吏""三别"等明显带有"沉郁顿挫"意味的诗作很有差别。但在这样平静的表象之下，却分明能够感觉到杜甫诗作中独具的波澜。重逢初见的喜悦，感慨时事的伤痛，看到孩子的感叹，好友盛情的幸福，余生未知的苍茫。后人说“国家不幸诗家幸，赋到沧桑句便工”（清·赵翼《题遗山诗》），这是只有乱世才能写出的诗，这是只有乱世的人们才会有的关于人生离多聚少和世事沧桑的感叹。但并不是所有的人都能像杜甫那样将内心深沉的情感波澜像这样娓娓道来，自然却极富顿挫之致。

杜甫擅长的还有律诗，在这方面他取得了比古体诗更为辉煌的成就。杜甫扩大了律诗的表现范围，他不仅用律诗写山水风光，羁旅行役，吟咏宴游，还将律诗的表现范围扩展到时事上去。杜甫律诗的形式规整，风格多样，诗风纵横恣肆，极尽变化之能事，合律而又看不出声律的束缚，对仗工整而又看不出对仗的痕迹，读来行云流水，浑然天成，显示出高超的艺术水平。

此外，为了扩大律诗的表现力，杜甫还以组诗的形式创作律诗，系统地表现一些用一首诗说不清楚的内容，比如《秋兴八首》。

秋兴八首·其一 杜甫

玉露凋伤枫树林，巫山巫峡气萧森。

江间波浪兼天涌，塞上风云接地阴。

丛菊两开他日泪，孤舟一系故园心。

寒衣处处催刀尺，白帝城高急暮砧。

深秋的露水侵蚀着枫树林逐渐凋零、残伤，巫山和巫峡笼罩在一片萧瑟的气氛中。长江里波浪连天涌动，天上的乌云像要压到地面上来一样。菊丛开花已两载，想到两年来未曾回家忍不住伤心落泪。小船系在岸边，虽不能乘之东归，但飘零在外的我，却常常心系故园。又到着急赶制冬衣的时候了，白帝城傍晚捣衣的砧声一阵紧似一阵。

明 董其昌 秋兴八景图

《秋兴八首》是大历元年(766 年)安史之乱平复后不久，五十五岁的杜甫旅居夔州时的作品。这八首诗格律严整、结构严密、情感真挚，充分展现了杜甫晚年诗歌的艺术成就。这八首诗是不可分割的整体，杜甫从自己当时暮年漂泊、羁旅江上的状况写起，因不胜现实的痛苦而产生出对盛世的追忆和对家国动乱的感慨，从而引起诗人对国家盛衰和个人身世的哀叹。

《秋兴八首》以第一首起兴，开门见山，前四句是对巫山巫峡秋日景色的描绘，杜甫惯常用稍显暗淡的词汇和字眼，烘托出阴森萧条、动荡不安的氛围。同时强烈的情感烘托出气象的壮阔，为随后抒怀奠定了深厚的基础。颈联“丛菊两开他日泪，孤舟一系故园心”，上承诗意，下启第二、第三首，杜甫将他自己深刻的情感寄与菊花和孤舟，使这些意象有了生命，让他家国丧乱的痛苦也有了寄托。

杜甫的诗作超脱了个人生活情感的局限，具有丰富的社会内容和强烈的时代感，再现了安史之乱前后唐代广阔的社会生活画面。他的诗作兼备众体，艺术手法多种多样，是唐诗思想艺术的集大成者。和李白的名噪当时不同，杜甫在他生前和去世后的一段时间，都没有受到应有的重视。中唐时在白居易的力推之下，杜甫的诗歌才开始被人们所熟知，元白诗派发起的“新乐府运动”就是受到杜甫写实诗歌的影响。但杜甫诗歌的价值真正受到重视是在宋代以后，宋代著名的文学家王安石、苏轼等，都对他推崇备至。此后，杜甫诗歌的影响力也随着时间的流逝与日俱增，流传到如今，杜甫俨然成为中国历史上能与李白比肩的最伟大的诗人。世人将他誉为“诗圣”，足见他对中国文学的深远影响。

来自边塞的绝唱

边塞诗是以边疆地区军民生活和自然风光等为题材的诗歌。每一个王朝都有自己的统治领域，历朝历代的君主都在边疆驻扎有数量可观的将士，以捍卫国土，保境安民。边疆的生活不同于居住在城市或是隐居山林与田园，一些能文的出征将领或者随军的文人在这样特殊的生活环境下，就能写出一些未曾到过边疆的诗人所写不出的独特诗篇。

边塞诗初步发展于汉魏六朝时代，陈琳的《饮马长城窟行》，蔡文姬的《胡笳十八拍》《悲愤诗》等都是这一类诗歌中的优秀作品。到了隋唐，边塞诗的数量不断增多，又经初唐四杰和陈子昂的发展，到盛唐则迎来了鼎盛时期，据统计，《全唐诗》中收录的边塞

金 张瑀 文姬归汉图卷(局部)

诗多达两千余首，李白、杜甫、王维等诗人都有边塞诗的名篇传世。就在这个时期，产生了著名的边塞诗派，代表诗人有高适、岑参、王昌龄、李颀等，其中以高适、岑参成就最高，并称“高岑”。

边塞诗派的创作内容主要围绕着边疆的战争场面和风土人情，还有战争给人民带来的各种伤痛。边塞诗形式上多为七言歌行和五、七言绝句，诗风雄浑悲壮，豪放浪漫，代表作有高适《燕歌行》《蓟门行五首》，岑参《白雪歌送武判官归京》《逢入京使》，王昌龄《出塞》等。

逢入京使 岑参

故园东望路漫漫，双袖龙钟泪不干。

马上相逢无纸笔，凭君传语报平安。

东望故园路途遥远漫长，泪水沾湿了双袖还在不断流淌。马上与你相遇没有纸笔，请转告家人说我平安无恙。

写这首诗时岑参 34 岁，因为仕途不如意，无奈之下只得远赴西域求职。这首诗是写他在西行途中，偶遇前往长安的东行使者时，托带平安口信的场景。

西出阳关，路途遥遥，许是越走越觉得寂寞，他在马上频频回望，但故乡早已湮没在烟尘飞扬的征途上了，离乡的疼痛随着路途越来越远而越来越清晰，不经意间，袖子上早沾满了泪痕。就这样不知走了多久，突然迎面碰见一个老相识。他乡遇故知，也算是这漫漫长路上的慰藉了。驻马寒暄，得知对方要返京述职，不免既羡慕，又伤感。可就这样匆匆几句话的功夫，甚至连请人带一封信回去也不可能，只能靠对方回长安后给家人捎个口信，报个平安。此诗就描写了这样一个情景，写得很平实，人世间最寻常的思乡情绪，就凝聚在这短短的一首七绝中。可尽管思乡的痛楚这样明显，甚至诗中还出现了“泪不干”三个字，可是读这首诗时却不会让人觉得难过。诗人既如此舍不得故园，为什么又要离去呢？只要顺着诗意再往下想一点，很容易就能得到答案，尽管旅途是这样的颠沛流离，但只要一朝能建功立业，今朝所有的痛苦都足以报偿。唐人开阔豪迈、乐观放达的胸襟，于此可见一斑。

王昌龄在唐代诗人中以七言绝句见长，其中边塞诗最为著名。他的边塞诗气势雄浑，格调高亢，充满了积极向上的精神。

出塞 王昌龄

秦时明月汉时关，万里长征人未还。

但使龙城飞将在，不教胡马度阴山。

秦汉以来，明月就是这样照耀着关塞，离家万里的士卒却再也没能回来。如果有卫青、李广这样的将军立马阵前，一定不会让敌人的铁蹄踏过阴山。

王昌龄作这首诗的年代正值盛唐，这一时期的唐朝国力强盛，对外战争屡战屡胜，所以在这一时期的边塞诗作中，多见慷慨乐观的精神和强烈的民族自信。可是，战役的胜利并不代表战争就能打得完。即便是作为战胜之国，在战时也难免生灵涂炭。诗人吟诵出“但使龙城飞将在，不教胡马度阴山”的诗句，通过对西汉名将李广的追忆，反映出边疆将士和人民对和平的渴望。

全诗最值得注意的是首句“秦时明月汉时关”七个字。诗句本身就像一幅画：塞外的烟尘一望无际，一轮明月皎洁当空，安静地照耀着山河朔漠。简简单单的几个字，却留给了读者充分的想象空间，可以任意怀想边疆的寥廓和景致的苍凉。尤为奇妙的是，诗人在“月”和“关”的前面，用“秦”“汉”两个时间加以限定，赋予了这幅月照边关图以悠远的历史感。人世不断变迁，可是这片平日里春风不度的土地，自千年前就已经像这样周而复始地上演着一样的画面。这不是只有唐才有的景况，“万里长征人未还”，从秦汉开始就不知道有多少献身边疆、至死未归的人，边塞的征战带给人民的伤害是持续的。

盛唐的边塞诗以其深刻的思想、恢宏的架构、奇崛的想象和极高的艺术价值，在唐诗史上独树一帜。边塞诗歌的创作贯穿初唐、盛唐、中唐和晚唐四个阶段，参与诗人之多，诗作数量之大，为历代罕见。

重写实而尚通俗的元白诗派

元白诗派是指中唐时期以元稹、白居易为代表的诗歌流派，他们在诗歌创作上注重写实，提倡语言的通俗易懂。他们曾发起新乐府运动，强调诗歌惩恶扬善，补察时政的功能。

元白诗派的产生，和与他们同时稍前的韩孟诗派有着密切的关系。韩孟诗派也是中唐的一个诗歌流派，以韩愈、孟郊为代表。他们主张“不平则鸣”，就是一旦觉得心里抑郁不平，就借诗以抒愤。韩孟诗派主张剑走偏锋的审美趣味，常常“以丑为美”，以文入诗，以议论入诗，以一般不能入诗的事物入诗，表现出偏重主观心理、崇尚奇险怪异的创作倾向。这种对诗歌的新追求，尽管也推动了中唐诗歌艺术境界的开拓，但他们对诗歌的创新某种程度上背离了诗歌这种文体本身的规律，比如故意用生僻词句使得表义晦涩，用极为丑陋怪诞的事物入诗破坏了诗歌的美感，大量使用散文化句式和哲理性议论，在一定程度上破坏了诗歌的节奏和韵律。针对这种情况，以元稹、白居易为代表的诗人发起新乐府运动，提出“文章合为时而著，歌诗合为事而作”的主张，创作了一大批主旨鲜明，语言平白流畅的诗歌。代表作品有元稹《连昌宫词》，白居易《长恨歌》《卖炭翁》等。

卖炭翁　　白居易

卖炭翁，伐薪烧炭南山中。

满面尘灰烟火色，两鬓苍苍十指黑。
卖炭得钱何所营？身上衣裳口中食。
可怜身上衣正单，心忧炭贱愿天寒。
夜来城外一尺雪，晓驾炭车辗冰辙。
牛困人饥日已高，市南门外泥中歇。
翩翩两骑来是谁？黄衣使者白衫儿。
手把文书口称敕，回车叱牛牵向北。
一车炭，千余斤，宫使驱将惜不得。
半匹红绡一丈绫，系向牛头充炭直。

黄衣使者：指皇宫内的太监。白衫儿：指太监手下的爪牙。

直：通“值”，价钱。

卖炭翁，常年在南山里砍柴烧炭。他满脸蒙尘被烟火熏出烟火之色，两鬓苍苍十个手指被炭烤得乌黑。卖炭得到的钱用来干什么？换身上穿的衣裳和嘴里吃的食物。可怜他身上只穿着单薄的衣服，心里却因担心炭卖不出去而盼望天更寒冷。夜里城外下了一尺厚的大雪，清晨老翁驾着炭车碾轧冰冻的车辄往集市上赶去。人困牛乏，太阳已经升得很高了，他就在集市南门外的泥泞中歇息。那迎面骑马走来的人是谁呢？原来是皇宫内的太监和他的手下。太监手里拿着文书，嘴里嚷着皇帝的命令，吆喝着牛朝皇宫拉去。一车炭有一千斤，太监差役们硬是要赶着走，老翁是万般不愿但又无可奈何。那些人把半匹红纱和一丈绫，朝牛头上一挂，就充作一车炭的价钱了。

这首《卖炭翁》是白居易《新乐府》组诗中的一篇，题注说：“苦宫市也。”“宫市”的“宫”指皇宫，“市”是买的意思。皇宫所需的物品，本来由官吏采买。唐德宗时多由太监负责这类事情，就是诗中提及的“黄衣使者白衫儿”。常有数十百人分布在长安的闹市上，看到宫里需要的物品就向市场上去拿，然后碍于面子就随便给点钱。诗中的“一车炭，千余斤”和“半匹红绡一丈绫”，说的就是这种情况，表面看起来是买卖，实际上就是公开掠夺。

这首诗并不长，语言也很浅近，但却蕴含有深刻的思想内涵。篇首并不只是描摹卖炭翁伐薪烧炭的生活，而是以“面若烟火，两鬓苍苍”来映衬他生活的艰辛。艰辛到什么地步呢？“卖炭得钱何所营？身上衣裳口中食。”轻描淡写的两句话，断绝了老翁关于生计的所有其他希望。接下来是这首诗最为脍炙人口的名句：“可怜身上衣正单，心忧炭贱愿天寒！”衣单原该愿天暖，在他却是愿天寒，因为天冷了炭才能卖个好价钱。此时的卖炭翁已经无暇再管其他，生活已经濒于绝境，他早无法顾及眼前的冰道多么难走，而是心忧那“一车炭”能换多少钱，是不是足够缓解他和家人饥寒交迫的生活。但这一切的盼望最终都化为泡影了，当他被勒令“回车叱牛牵向北”的时候，他心里会想些什么呢？唯一能用来维持生计的炭就这样被抢走了，他以后该靠什么维持饥寒交迫的生活呢？这些诗人都没有写，诗在太监用“半匹红纱

宋 刘松年 雪山行旅图

一丈绫”强换千余斤炭的画面处戛然而止，可是诗的前半部分描摹出的卖炭翁微薄的希望，在此尽数化为乌有。诗人正是用这样的陪衬和反衬的方式，揭露出统治者掠夺民脂民膏的罪行，发人深省。此外还应该注意的是，白居易的诗作能抓住人物的特征，然后用白描方法勾勒人物形象。既没有花费过多的言辞，又能准确抓住人物特征。语言虽然浅易但是极为恰当，深含讽喻之意。

元白诗派继承了诗圣杜甫的现实主义诗歌传统，他们立足于最真实的生活，揭露当时社会中的种种弊病，表现人民生活的疾苦。风格方面，他们追求平易、通俗的诗风，使诗作明白晓畅。元白诗派显示了中唐诗歌的大变，打破了当时诗坛停滞的状态，扭转了韩孟诗派主导的崇尚险怪的诗风，大大地推动了新乐府运动的发展。其重写实、尚通俗的审美倾向成为中唐文化转型时期文学的新思潮，在当时与后世都产生了深远的影响。

刘禹锡及其咏史怀古诗的气象

刘禹锡字梦得，洛阳人，唐德宗贞元年间进士，中唐时期著名的诗人和哲学家，有“诗豪”之称。刘禹锡诗文俱佳，与柳宗元友善，并称“刘柳”，又与白居易合称“刘白”。刘禹锡性格洒脱倔强，曾因得罪权贵而被贬谪二十三年，他曾在自己的诗中说道：“巴山楚水凄凉地，二十三年弃置身(《酬乐天扬州初逢席上见赠》)。”贬谪期间，尽管他也会感到苦闷和痛苦，但他并没有自甘沉沦，反而以一种乐观旷达的态度和广阔宏大的胸襟，在逆境中校对自己的人生。因为这些缘故，刘禹锡的诗歌一改当时大历、贞元诗人气象狭小、风格萧瑟的面貌，大多简洁明朗，清峻劲健，具有含蓄深沉的内涵、开阔疏朗的境界和高扬向上的情感。

刘禹锡在中唐诗歌历史上占据重要地位，对唐诗的发展做出了卓越的贡献。他致力于对诗歌题材的拓展，并加以深度挖掘。他在《插田歌》《采菱行》中描绘的农业劳动的场景是王孟等山水田园诗人几乎未曾涉笔的。又因为他曾多次被贬官到巴蜀一代，那里是民歌多产的地方，刘禹锡受到民歌的影响，仿照民歌写下了很多作品，如《竹枝词》《白鹭儿》等，都写得自然可爱，散发着巴蜀地区浓郁的生活气息，是唐诗中别开生面之作。

但刘禹锡最为人称道的应该是他的咏史怀古诗。他通过自己一系列的创作实践，将咏史诗导向“怀古述古”的方向，从历史胜迹和地方风物起笔来评论史事、借古讽今，较前人及时人更深一层。其中《西塞山怀古》《乌衣巷》《石头城》等是其代表作。

西塞山怀古 刘禹锡

王濬楼船下益州，金陵王气黯然收。

千寻铁锁沉江底，一片降幡出石头。

人世几回伤往事，山形依旧枕寒流。

今逢四海为家日，故垒萧萧芦荻秋。

降幡(fān)：降旗。

石头：金陵(今南京)又名石头城。

王濬的战船一从益州出发，东吴的王气便黯然消逝。千寻长的铁链沉入江底，一片降旗挂在石头城头。人生中多少次伤怀往事，山形依然不变靠着寒流。从今以后天下归为一统，芦荻在旧时营垒上随风飘摇。

明 文徵明 山水图

一场大的战争带给一个王朝的打击总是不可修复的，就像是一面镜子，一旦碎裂，就算能暂时粘好，但也无法回到当初。唐朝自安史之乱后就陷入了藩镇割据的局面中，尽管唐宪宗时期又恢复了短暂的统一，但是好景不长，不久后河北三镇又被军阀占据。这首诗就是刘禹锡在当时的形势下，某次路经六朝有名的军事要塞西塞山时触景生情写下的。

刘禹锡在诗的开篇追忆史事，西晋太康元年（280 年），晋武帝司马炎派益州太守王濬率领以“楼船”组成的西晋水军讨伐东吴。益州与金陵间，路途何止千里？而楼船一下，东吴王朝的数十年气数便收尽了。看起来不可思议，但朝代更迭成王败寇，历史从来都是冰冷而残酷的。也不是没有抗争，当时东吴的君主孙皓曾想凭借着长江天险，命人在江中投入千寻长的铁锥，然后用大铁索横截江面，想借此拦住晋船的攻击。但垂死的挣扎终究还是枉然，王濬命人用几十个大筏，将投在江里的铁锥冲走，然后用火把烧毁铁链，破了东吴的防御，直取金陵。于是，一代王朝的帝都城墙上，就此挂满了一面面降旗。“人世几回伤往事，山形依旧枕寒流。”这一句是全诗的警策，浓郁的历史沧桑感尽在其中。不管朝代如何更迭，不管前后出过多少豪杰，但到了最后，所有的一切都会被大浪淘沙，除了山川河流外，什么都不剩。刘禹锡在《金陵怀古》中也写道：“兴废由人事，山川空地形”，说的也是这个意思。但《西塞山怀古》中的这句，因为加了“几回”“依旧”两个词，从而跨过了六朝的千秋，千年来人事的变化、朝代的更迭都像云烟般消散了，只余下结尾那样秋风瑟瑟、芦荻萧萧的荒凉场面。刘禹锡的怀古诗，乍看像是在客观地描绘古迹、叙述历史，但其实他早把深刻的思想蕴藏在诗中，比如在这首诗中，他既表达了对六朝遗迹的凭吊，又嘲弄了当时拥兵自重试图分裂国家的军阀，同时也提醒腐败的唐王朝切勿重蹈覆辙，含义隽永。

刘禹锡在中唐时期韩孟、元白两大诗派争论不下的时候，没有受任何一方的影响，而是始终保持着自己冷静的思想和独立的艺术品格，最终凭借着自己的深厚修养和勤奋实践，成为中唐时期最优秀的诗人之一。

“诗鬼”李贺

李贺字长吉，河南福昌人，有“诗鬼”之称，是与“诗圣”杜甫、“诗仙”李白、“诗佛”王维等齐名的唐代著名诗人。他是唐宗室郑王李亮后裔，但家道早已没落。李贺 21 岁时参加进士考试，唐代应试，极重家讳，因李贺父亲名叫李晋肃，晋和进同音，于是李贺便不能考取进士。这件事对他打击很大，导致其长期抑郁感伤，焦思苦吟，27 岁便英年早逝。

李贺诗作的内容，或是慨叹生不逢时的苦闷；或是抒发对理想、抱负的追求；或是表达对当时藩镇割据、宦官专权现状的不满和对遭受剥削的人民的同情。李贺的诗作想象极为丰富，字里行间都渗透着他独特的构思和浓重的色彩。在他的笔下，自然界的

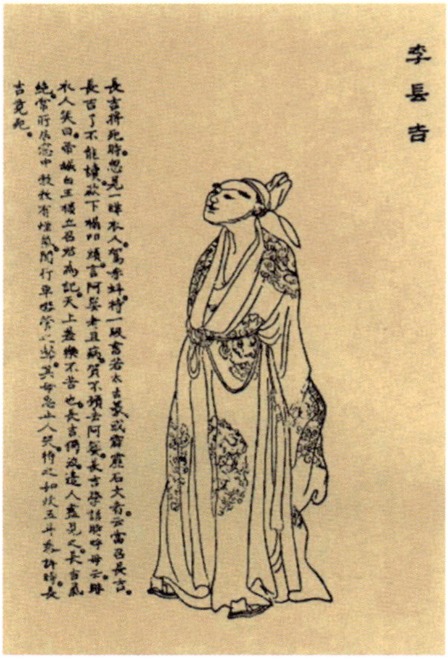

清 上官周 李贺题跋像

许多事物仿佛有了自己的思维和行为，自行构成一个脱离现实却新奇瑰丽的世界。所以他的诗文常被人说是“鬼仙之辞”，李贺也因此被后世称为“诗鬼”，世有“太白仙才，长吉鬼才”的说法，如今广为传诵的“雄鸡一唱天下白”“天若有情天亦老”等佳句都是出自他的手笔。李贺有《雁门太守行》《李凭箜篌引》等名篇传世。

雁门太守行　　李贺

黑云压城城欲摧，甲光向日金鳞开。
角声满天秋色里，塞上燕脂凝夜紫。
半卷红旗临易水，霜重鼓寒声不起。
报君黄金台上意，提携玉龙为君死。

燕脂：今写作“胭脂”。这里形容战场上战士的鲜血。

战争开始之前，黑云压在城头，城墙简直像要塌陷一样；盔甲映着日光金鳞似的闪亮。号角在秋色里响彻天空，塞上的泥土洒满鲜血透出紫气。寒风半卷着红旗，轻骑驰向易水；天寒霜重，战鼓声低沉不起。为了报答国君招揽贤才的诚意，将士们手持着利剑甘愿为国血战到死！

很少有人会用浓艳的色彩来描摹战争，但是李贺这首诗却偏偏反其道而行，几乎句句都带有鲜明的色泽。黑色、金色、胭脂色、紫红色、红色、霜白色种种颜色斑驳交错，将原本惨烈的战争场面描绘得异常绚烂。“黑云压城城欲摧”，城外敌军压境，兵临城下，眼看战争一触即发。此时城内是什么样子呢？一道阳光穿云射下，照在守城将士的黄金甲上，金光闪烁，耀人眼目。天上是云日交缠，城下是金黑映照。此时正值深秋，万物萧杀败落，可是在自然界一片苍茫的黯淡里，角声此起彼伏，同晚霞一起笼罩着这片鲜血遍染的土地。漫长的鏖战犹如修罗地狱，就在守军即将不支的时候，援军在此时到来，红旗半卷掩藏行迹，出其不意攻击敌军，无奈秋凉霜重，就连战鼓也打不响。但这又有什么关系呢？士遇知遇者，即便以死报偿，此生也已无憾。李贺在这首诗中借助他天才的想象力，如同画图般用华丽的色彩点染风起云涌的战争场面，构思奇诡新颖，令他人望尘莫及。

李贺与李白、李商隐称为唐代“三李”。他是继屈原、李白之后，中国文学史上又一位负有盛名的浪漫主义诗人，更是中晚唐诗风转变的代表，其浓墨重彩的浪漫诗风，直接影响了晚唐李商隐等诗人的创作。

驴背上的苦吟诗人

唐王朝中后期，宦官专权、藩镇割据，百姓民不聊生。而后黄巢起义爆发，唐王朝大厦将倾。面对这种情况，诗人们大都消极悲观，悲天忧人，关注对象从社会转向自身情感。苦吟诗人指的就是这一时期以苦吟态度作“清新奇僻”诗歌的一类诗人，他们在创作态度上崇尚苦吟，怀着极其严谨认真的态度，对诗句的音律、对偶、字句都反复推敲锤炼。其诗作多写琐细的日常生活情景，内容狭窄，虽有不少佳句涌现，总的来说却缺少好的诗篇。代表人物是孟郊和贾岛。

孟郊字东野，湖州武康人。少年时期隐居嵩山，入京后两次考进士皆不第，到了四十六岁时才中进士。孟郊仕途上没有什么大的作为，怀有政治抱负却不能舒展，以致清寒终身，最终将自己放迹林泉间，徘徊赋诗。他是韩孟诗派的代表人物，以短篇的五言古诗最多，代表作有《游子吟》。又因作诗苦于炼字，常用冷暗枯硬的意象，作险怪艰涩的诗句，故有“诗囚”之称。

贾岛字浪仙，又名瘦岛，河北道幽州人。早年出家为僧，号无本，自号碣石山人。后被韩愈赏识，还俗参加科举，但没有高中。他的诗以五律见长，注重词句锤炼，刻苦求工，与孟郊齐名，都是有名的苦吟诗人，苏东坡对他们有“郊寒岛瘦”的评价。他传世最有名的诗句是“鸟宿池边树，僧敲月下门”，今天人们所说的“推敲”一词就来源于此。

题李凝幽居 贾岛

闲居少邻并，草径入荒园。

鸟宿池边树，僧敲月下门。

过桥分野色，移石动云根。

暂去还来此，幽期不负言。

幽居旁很少有邻居来，杂草丛生的小路通向荒芜的小园。鸟儿自由地栖息在池边的树上，皎洁的月光下僧人正敲着山门。走过桥看见原野上迷人的景色，云脚在飘动，山石也好像在移动。我此时离去但还是会回来，按约定的日期与你一起隐居。

全诗写的是诗人去看望好友李凝不遇的事。这个李凝或许也是个隐士吧，贾岛写他住所的环境，独居在荒野，周围也少有邻人，一条杂草丛生的小路直通荒草丛生的小园。淡淡两笔，十分精准地概括出李凝居所的“幽”。第二联“鸟宿池边树，僧敲月下门”是历代传诵的名句。相传贾岛常常一边骑着驴子缓行，一边苦心冥想诗句。当写到这句的时候，他最先想到的是“僧推月下门”，但是后来又觉得“敲”字似乎更合适。冥想间没有看路，一不小心就冲撞了韩愈的仪仗。韩愈得知原委，也觉得“敲”比较好，从此两人结为好友。这段“推敲”的故事千古以来被传为诗坛佳话，它的真假尚且不论，但从这个故事就能窥见贾岛苦吟炼字的功夫。而这个“敲”字的妙处究竟在哪儿呢？可以想象这样一幅画面，这夜星月交接，万籁俱寂，小鸟栖在路旁的枝干上休憩。就在这个时候，突然从树下传来一阵“咚咚”的敲门声，鸟儿受了惊，匆忙从枝干上腾空而起。半晌后又觉察仿佛没事，于是就又落回树干上。这样以动写静，正合了王维“鸟鸣山更幽”的意趣，成功刻画了当时环境的幽静。接下来写诗人寻隐者不遇后回归路上看见的景致。走过一道木桥，放眼望去是色彩缤纷的原野，抬起头，就看见云朵被晚风拂动。诗人被这样清新恬淡的景色迷住了，在这样的一个时刻，他或许会想起很多过往，所以他说“暂去还来此，幽期不负言”。

这首诗写得很淡，诗中所有的景致都是生活中寻常的图景，但因了诗人细心的推敲咀嚼，才使得这些寻常景物流淌出不寻常的韵味。

明 丁玉川 渔乐图

小李杜和晚唐风韵

“小李杜”是晚唐诗人李商隐和杜牧的合称。前面的一个“小”字，是用以同李白杜甫相区别。

李商隐字义山，号玉溪生，怀州河内人。开成年间中进士，曾经作过县尉、秘书郎等一些小官。但后来因为受到朝中党争的牵连遭到排挤，落魄终身。他擅长律诗和绝句，文采斐然，风格独特。他的七言律诗造诣很高，堪称杜甫之后七律的又一座高峰。其咏史诗多揭露和批判当时藩镇割据、宦官擅权的混乱形势和上层统治集团的腐朽糜烂，具有很高的价值。但他最为后世称道的却是他的无题诗，这类诗作前人几乎没有涉及，完全可以说是他个人的创造。从表现的内容上看，李商隐十五首无题诗写的多是离别相思，用一种虚无缥缈的笔法，抒发爱情失意的幽怨和感伤，朦胧十分又深情无限。

无 题 李商隐

相见时难别亦难，东风无力百花残。
春蚕到死丝方尽，蜡炬成灰泪始干。
晓镜但愁云鬓改，夜吟应觉月光寒。
蓬山此去无多路，青鸟殷勤为探看。

青鸟：传说中西王母的使者，专门传递消息。
探看(kān)：探望。看，古读平声。

相见困难分别也困难，东方将收，百花残谢，更加使人伤感。

春蚕结茧到死时丝才吐完，蜡烛直到烧成灰时泪才能滴干。女子清晓临镜只愁青丝变成白发。男子夜晚长吟感觉冷月寒凉。两人相隔之处无路可走，希望青鸟能够殷勤地替我去探望情人，传递消息。

这首《无题·相见时难别亦难》，开篇就落定了是以“别”字为题眼。相见时难，别亦难。相知相许的人一旦分开，从此被浩渺的山水阻隔，再会无期。即便有幸重逢，短暂的欢会后又要分离，怎不令人肝肠寸断？这样的伤痛难以承受，诗人不得不将他内心的伤痛折射到目之所及的景物上去。当时正是暮春时节，东风越吹越无力，但即便是这样虚弱的风，也足够令百花摧残。许是满地残红的凄凉惹得他越发伤感，而在忧伤的时候，便会忍不住每每渴盼有一个知心的人能陪伴在身边。可是他早已记不清，这样的心愿已经多久无法实现。但是现实造成的阻隔却没办法抑制绵延的思念，“春蚕到死丝方尽，蜡炬成灰泪始干”，春蚕和蜡炬都用来象征痴情和对所爱之人的思念。“丝”字与“思”谐音，代表着他对对方的思念，就像春蚕吐丝一样不死不休。蜡不成灰，泪不干，则道尽了相思难抑的痛苦，就像蜡泪滴泪，直要将自己的身躯燃尽一样。情不知所起，一往而深。生可以死，死可以生。但如果说死别是憔悴的落花，那么生离便是朦胧的落日，任凭思念循环往复，遥遥无期。再见明明是无望的，可是纵然无望，他却依然要坚守不渝。这两句诗里有相思难见的悲苦，也有相爱不渝的渴求。思念明明是无望的，但就是无望也要坚持下去。就这样一直地循环，拉扯诗人沁入肺腑的痛苦。

接下来两句是想象着佳人妆楼长望，同样思念他的情景。清晓时分，佳人独上妆楼，揽镜自照，每每担心青丝变为华发。她为什么会有这样的忧虑呢？是夜不能寐辗转反侧，相思至极心已成灰。每个夜晚没顶的沉溺，每个清晨透骨的清醒。夜间的沉溺，是因为对相思之人的执念；而白天的清醒，又是清楚长此以往自己的青春注定会过早凋零。下句“夜吟应觉月光寒”，一个“应”字，表明这一切都是来自诗人的想象，想象她寒夜愁思，孤寂低吟，身边空无一人，只剩冷月孤照于天。诗人这是用想象打破了时间与空间的距离，可是打破了又能怎么样呢？相思越深，便越渴求见面。

明 仇英 修竹仕女图

可是会面却是无望的，于是只有让“青鸟殷勤为探看”。不作绝望语，悲伤之意却更浓郁。

李商隐的无题诗对后世产生了很大的影响，他将个人身世融于诗作的凄艳婉伤之中，追求一种细腻幽约的美。选择细小的题材，注重情感的深微，追求意境的婉约纤柔，词化的特征很明显，不仅开辟了诗歌的新境界，还在唐诗与宋词之间搭起了一座桥梁。

杜牧字牧之，京兆万年人。大和年间进士及第，历任监察御史，黄州、池州、睦州等地刺史，以及司勋员外郎、中书舍人等职。杜牧早年也有过政治理想，但由于性格刚硬，屡受排挤，所以仕途不得志。杜牧的诗、赋、古文在晚唐时都有盛名，而以诗的成就最大，与李商隐齐名，世称“小李杜”。他擅长七言律诗和绝句，他的律诗风格俊朗，雄姿英发。绝句则文清语丽，情韵悠扬，在艺术上独树一帜，一直为后人所推崇，有《清明》《泊秦淮》等名篇。

清明 杜牧

清明时节雨纷纷，路上行人欲断魂。
借问酒家何处有，牧童遥指杏花村。

清明时节细雨纷纷，路上远行的人好像断魂一样。借问行人哪里才有酒家，牧童遥遥地指了指远处的杏花村。

清明是中国二十四节气中第五个节气，《月令七十二候集解》中介绍到：“物至此时，皆以洁齐而清明矣。”意思是说，万物生长到这个时节，都会变得清洁而明净，所以人们将这个节气命名为清明。清明节有许多风俗，人们在这一天常常会进行一些祭祀、郊游、打秋千等户外活动。所以在这个节日里，既有慎终追远的感伤，也有花红柳媚的明丽；既有生死相隔的悲痛，又有明亮盎然的生机，是一个极富特色的节日。而到了今天，许多人再提起清明，头脑中最先出现的恐怕却是杜牧的这一句“清明时节雨纷纷”。

清明时节，细雨纷纷。这一场雨绝对不会是像夏天那样的暴雨，也不会是秋天那样淅淅沥沥的雨。它应该是“天街小雨润如酥”那样的，又或是“一春梦雨常飘瓦”那样的。“雨纷纷”三个字，

元 张观 疏林茅屋图

将清明时节细雨穿花拂柳的朦胧意境写得透彻。可是面对这样的美景，却不是所有人都有欣赏的心情，尤其是那些雨中行路的人，诗人当然也在其中。“路上行人欲断魂”，“断魂”这个词所要表达的痛苦简直比肝肠寸断还要强烈，将这样一个词摆在一幅清明疏雨的画面之后，反差之大反而引人注目。为什么这么痛苦呢？是去国怀乡，忧谗畏讥？还是相思难觅、烦闷失意？不管是什么，诗人总归是被那纷纷的烟雨扰了心事。

酒和中国文人有着千丝万缕斩不断的联系。心情不好的时

候，就想要喝酒，于是诗人向别人“借问酒家何处有”，想着找一个酒家，避一避雨，暖一暖身子。他或许还渴望着能借着一杯酒，抖一抖心头的愁绪。最后一句最妙，“牧童遥指杏花村”。孩子总是无忧无虑的，跟此时心事沉重的诗人形成鲜明的对照。牧童活泼地抬手“遥遥”一指，诗人顺着他所指的方向望过去，惊喜地发现这条路的尽头，好像有一个由淡粉轻红的杏花林包围着的村落。诗在此戛然而止，至于之后如何，诗人只字未提，但那画面却是可以想见的。人生百岁，相去几何。花覆茅檐，疏雨相过。这一场愁绪自雨而起，最终又随雨而逝。杜牧诗歌的豪壮气概，在这样一首清丽的小诗中也体现了出来。后来，宋代诗人陆游写了一句跟这句意境很像的诗，“山重水复疑无路，柳暗花明又一村”，或许就是受了杜牧这首《清明》的影响。

晚唐时期唐王朝内忧外患的局面，使得当时的诗坛上整体呈现出一片低靡衰颓的末世气象。在这个时候，李商隐以他诗歌的“朦胧纤柔”反映了唐王朝大厦倾覆之前的知识分子普遍的悲伤意绪，杜牧诗歌则以其“雄姿英发”映射出亡国前知识分子仍企图挽回国运的乐观和幻想。如果说李白和杜甫共同创造了唐诗不可企及的巅峰，那么李商隐和杜牧则通过他们的努力，为唐诗风云史添上了最后一笔灿烂的篇章。

盛唐春

人歌小岁酒，花舞大唐春。

——卢照邻《元日述怀》

唐玄宗开元、天宝年间，天下一统，经济繁荣，文化发达，政治开明，四方辐辏，万国来朝，史称“开元盛世”。这个时代不仅是唐朝鼎盛的高峰，也是中国封建社会的鼎盛期。在这个繁华盛世里，涌现出以李白、杜甫、王维等为代表的一大批一流诗人，他们共同开辟了一个气象恢宏的诗歌的黄金时代。盛唐诗歌博大雄浑，深远超逸，情感丰沛，这一切预示着一个最伟大的时代已经到来。

潮平两岸阔，风正一帆悬

次北固山下　王湾

客路青山外，行舟绿水前。
潮平两岸阔，风正一帆悬。
海日生残夜，江春入旧年。
乡书何处达，归雁洛阳边。

青山外：一作"青山下"。
一帆悬：一作"数帆悬"。

行客路过绿树成荫的北固山下，小舟泛着湛蓝的江水向前。潮水上涨令两岸与水面相平，显得十分开阔，和风吹起风帆使之端正高悬。夜尚未完全过去，一轮红日已从海上升起。江上春早，旧年未过新春已来。心中思念家乡，可是寄回的书信要怎样才能传达呢？只能托北归的大雁将书信带往洛阳。

这首诗描写了冬末春初时节，作者停船在北固山下所看见的山河壮丽之景，同时抒发了他深深的思乡之情。

王湾是玄宗先天年间的进士，所处的时代恰好是开元盛世即将到来的时候。王湾是洛阳人，他一生雅爱江南清秀的山水，曾多次往来吴楚间。诗题中的"北固山"，就在今天的江苏省镇江市。当时他应该是又要去江南游览，途经镇江的时候天色已晚，便索性"客路青山外，行舟绿水前"，将船泊在北固山下休息一夜。

一个强盛的王朝带给它的子民的影响往往是潜移默化的，这一点在诗人们身上尤为明显。一个怀有充分的民族自信的诗人，他眼中笔下所呈现出的风景便常常具有广阔、宏大的特征。就像王湾这首诗,虽然只是羁旅行役,但其中却洋溢出勃然的生机。尤其是第二、三联。

第二联"潮平两岸阔,风正一帆悬","两岸阔"是因为"潮平"。烟波浩渺的江面上潮水上升,放眼望去,江面似乎与岸齐平了。面对眼前的景色,诗人的视野因之开阔,读者读起来心胸也仿佛变得开朗起来。而"帆悬"是指风帆端端正正高高挂起的样子。"帆悬"是因为"风正"。什么是"风正"呢?因为那个时候风既然很顺,又比较温和,所以帆才能够"悬"起来。这句诗最妙的在于它写出了言外之象,即通过描写一个局部的场景勾勒出一个宏大的场面。试想如果他是在一条蜿蜒的小河道里行船,风帆必然是左右摇摆的。如果在波涛汹涌的海平面上行船,风帆则应该是上下舞动的。所以,诗人一说"风正一帆悬",就把眼前大江静流,平野开阔的景象准确地描写出来。这是盛唐的风光。

第三联历来脍炙人口,"海日生残夜,江春入旧年"。作者精心炼字,把"日"与"春"这两个代表着新生美好事物的字眼提到主语的位置而加以强调,"日生残夜""春入旧年",都表示昼夜和时节的交替。海日初升将驱除黑暗,江春即至则会送走寒冬。明明无意说理,却在景物的描摹中带出一笔自然的哲思,给人以乐观积极的力量。相传当时的宰相张说对这一句诗高度赞赏,并亲自书写悬挂在政事堂上,让文人学士作为学习的典范。由此,这两句诗中表现的那种壮阔高朗的景象对盛唐诗坛产生了重要的影响。这便是盛唐的气象。

宁为百夫长，胜作一书生

从军行　　杨炯

烽火照西京，心中自不平。
牙璋辞凤阙，铁骑绕龙城。
雪暗凋旗画，风多杂鼓声。
宁为百夫长，胜作一书生。

铁骑(jì)：披挂铁甲的战马。
龙城：汉时匈奴地名，这里指从军打仗之地。

边塞的烽火传到了西京长安，壮士的心怀当然无法平静。调兵的兵符刚刚离开皇宫，朝廷的铁骑就将敌军的要塞围得水泄不通。大雪飞扬，遮天蔽日，使得军旗上的彩画都黯然失色。狂风呼啸，和雄壮的进军鼓声交杂在一起。国难当头，热血男儿宁愿作百夫长保卫边疆冲锋陷阵，也不愿安守笔墨做个书生。

清 郎世宁 柳荫双骏图

这首诗的作者杨炯是初唐四杰之一，华阴人。10岁时即被举为神童，后来中进士，做过一些小官，但因为武则天时朝政变幻受到牵连而连遭贬谪，最终于盈川县令任上病逝，因此世称“杨盈川”。杨炯擅长边塞诗，尽管他所处的时代并不属于盛唐，但他笔力劲健，气势轩昂，充分彰显出大唐盛世的气韵。这首诗借用乐府旧题“从军行”，描写了一个读书人渴望从军边塞、参加战斗的心愿。

首联两句写边关的急报传来，激起了爱国志士心中的热情。诗人通过“烽火”这一形象化的景物和一个“照”字，将军情的紧急充分表现了出来。“心中自不平”，虽然烽火是心中不平的导火索，但是却从侧面说明他平时对国家命运的责任感。“自不平”三个字，表现出诗人不愿再将青春耗费在笔墨中的强烈愿望，表现出由衷的爱国激情。第二联首句“牙璋辞凤阙”，写军队辞京出师的情景。“牙璋”“凤阙”两词，显得典雅、稳重，彰显了出师场面的庄严。接下来“铁骑绕龙城”，和上一句相对。说军队仿佛前脚才离开皇宫，后脚就将敌方围得水泄不通。“铁骑”“龙城”相对，渲染出龙争虎斗的战争气氛，也说明兵士们行军的速度之快。第三联写战役，但诗人却没有选择正面描写，而是通过狂风大雪的景物描写进行侧面烘托，表现出征将士们不畏艰险同敌人搏斗的英雄气概。诗的尾联“宁为百夫长，胜作一书生”则直接点出了诗人渴望投笔从戎建功立业的壮志豪情。

这首诗场景交替迅速，节奏异常明快，给人一种一往无前的气势，展现了当时知识分子强烈的爱国情怀和民族自信心。

气蒸云梦泽，波撼岳阳城

望洞庭湖赠张丞相 孟浩然

八月湖水平，涵虚混太清。
气蒸云梦泽，波撼岳阳城。
欲济无舟楫，端居耻圣明。
坐观垂钓者，徒有羡鱼情。

撼：一作“动”。

八月洞庭湖水上涨几乎与湖岸相齐，包含天地万物混合相交迷离难辨。云梦大泽水气蒸腾白茫茫一片，波涛汹涌似乎要把岳阳城撼动一般。想要渡湖却苦于找不到船只，在圣明时代独处又觉愧对明君。坐看垂钓之人多么悠闲自在，可惜我却只能空怀一片羡鱼之情。

孟浩然早年一直有入仕为官的志向，这首诗便是他的一篇求荐之作。但为了保有文人的气韵和风骨，他在诗中将求仕不得的心思隐藏得比较深。这首诗前半部分描写洞庭湖的壮阔。首联描写八月时节，洞庭湖浩瀚无际似与天相平的景致。诗人登高临远，面对这样好的湖光山色本就心情激荡。再加上此时风乍起，湖面上烟雾弥漫，洪波涌起，整个洞庭湖被笼罩在一片烟波浩渺中。

第二联“气蒸云梦泽，波撼岳阳城”被誉为吟诵洞庭湖的千古名句。这句诗中所含的气象，俨然令这一方湖水与天地相接，让一方重镇岳阳城都只能屈居一旁。这样的波澜壮阔，无疑会激起男

明 沈周 秋林静钓图

儿血液中的不甘不愿来。不甘屈居于人下，不愿向命运低头。但兼济天下也是需要途径的，大丈夫有抱负于天下，首先需要在仕林占据一席之地。所以第三联理所当然地开始抒发自己“欲济无舟楫”的慨叹，孟浩然是盛唐的文人，作这首诗时的他虽然半归隐却并不甘于隐遁。在这样一个“圣明”之世，有志有才之士理应富且贵，久守贫贱者当以此为耻，所以尾联他用典明心意，话说得相对就比较直接了。“垂钓”“羡鱼”，借用姜子牙和周文王的故事，暗喻自己求仕不得的心迹。

孟浩然敢于出世，积极为自己的人生谋得更多可能的态度，正是盛唐文人的气度。他将这种恢宏的气度注入他的诗歌，写下“气蒸云梦泽，波撼岳阳城”的名句，与杜甫的“吴楚东南坼，乾坤日夜浮”（杜甫《登岳阳楼》）并传千古，洞庭湖与岳阳楼也因他们的诗篇而名耀古今。

俱怀逸兴壮思飞，欲上青天揽明月

宣州谢朓楼饯别校书叔云　　李白

弃我去者昨日之日不可留，
乱我心者今日之日多烦忧。
长风万里送秋雁，对此可以酣高楼。
蓬莱文章建安骨，中间小谢又清发。
俱怀逸兴壮思飞，欲上青天揽明月。
抽刀断水水更流，举杯销愁愁更愁。
人生在世不称意，明朝散发弄扁舟。

蓬莱：东汉时藏书之东观被称为“老氏藏室，道家蓬莱山”，这里借指李云的文章。建安骨：东汉末建安年间，“三曹”和“七子”等作家所作诗文风骨遒劲，后人称之为“建安风骨”。

小谢：即谢朓。南朝诗人谢灵运和谢朓合称“大小谢”。

弃我而去的昨天已不可挽留，乱我心绪的今天使我极为烦忧。眼前是万里长风吹送着秋归的鸿雁，面对这样的美景我正好可以登上高楼开怀畅饮。你的文章像建安风骨一般刚健清奇，也同谢朓一样清新秀丽。满怀着飘逸豪放的意兴，飞跃的神思仿佛要腾空而起，直上高天去摘取皎洁的明月。抽出宝刀去斩断流水，但水不仅没有被斩断反流得更加湍急。举起酒杯想借饮酒去消除烦忧，却没想到适得其反愁上加愁。人生在世竟如此不能称意，还不如明天就披散了头发，乘一只小舟在江湖上自在漂流。

这首诗是李白在宣州谢朓楼送别族叔李云时所写的一篇歌行。李云是当时著名的散文家，时任监察御史。他执法严正，刚正不阿，为朝中的奸党嫉恨，被排挤出了御史府。李白之前也在朝廷遭人谗毁，被赐金放还。而建这座楼的谢朓当年也是遭人诬陷，下狱而死。有这样的背景，这首诗无疑带有一些消极的意味。

这首诗前两句直抒心中的忧愤，如狂风暴雨骤至，将远走的过去和扰他心扉的将来一并摒除。是自认不该怀才不遇的自负，同时也是的确怀才不遇的自伤。但是李白就是李白，愁也愁得豪放旷达，愁得飞天遁地，丝毫不作委顿情态。长风万里，高楼畅饮，逸兴壮思，飞天揽月，不是“儿女共沾巾”的忧戚，不是“恨别鸟惊心”的沉郁，而是“抽刀断水水更流，举杯销愁愁更愁”的呼号。这句诗动作大，力度更大，单看诗句就恍然能看见李白拔剑断水，仰头饮酒的潇洒豪迈。“人生在世不称意，明朝散发弄扁舟”，遭遇不如意之事，与其困顿其中，不如潇洒地离去。这真正是李白式的消极，无奈中仍带清刚劲健之气的消极。李白从不会摇尾乞怜，他不会是那样的人。曾狂放地发出“安能摧眉折腰事权贵，使我不得开心颜”的呐喊的他，骨子里是不羁的。

宋 梁楷 太白行吟图

李白的诗歌常常发想超然，变幻无端，使人难以预料。独特的艺术个性，非凡的气魄和生命激情，在他的歌行中全都展露出来，充分体现了盛唐诗歌神来、气来、情来的时代精神。唐文宗曾下诏：“以李白歌诗、裴旻剑舞、张旭草书为三绝。”

三杯吐然诺，五岳倒为轻

侠客行 李白

赵客缦胡缨，吴钩霜雪明。银鞍照白马，飒沓如流星。

十步杀一人，千里不留行。事了拂衣去，深藏身与名。

闲过信陵饮，脱剑膝前横。将炙啖朱亥，持觞劝侯嬴。

三杯吐然诺，五岳倒为轻。眼花耳热后，意气素霓生。

救赵挥金锤，邯郸先震惊。千秋二壮士，烜赫大梁城。

纵死侠骨香，不惭世上英。谁能书阁下，白首太玄经。

烜赫(xuǎn hè)，显赫，声势很盛。

太玄经：汉代作家扬雄的一部哲学著作。

燕赵之地的侠士，头上系着胡地的冠缨。腰间佩着吴越闪亮的弯刀，胯下骑着英俊的白马，像流星一样在大街上驰骋。他们武功高强，十步可斩杀一人，千里之行，无人可挡。他们为人仗义行侠，事成之后，连个姓名也不肯留下。当年与信陵君结交饮酒，侯嬴和朱亥兴奋地放下宝剑置于膝上。信陵君非常礼遇他们，一回又一回地以鲜肉美酒相劝。三杯热酒下肚，英豪们慷慨许诺，一诺既出，五岳为轻。侠士们这般眼花耳热之后，天下间便将有大事发生。朱亥为信陵君救赵挥起了金椎，此壮举使得邯郸上下都为之震惊。二壮士的豪举，千秋之后仍然在大梁城传为美谈。如今他们纵然身死，但侠骨却万古犹香，不愧为盖世的英杰。为人就该如此，谁愿像扬雄那般白首著经、老死窗下呢？

由于骨子里的热血，中国自古就有崇尚侠客的风气。尤其是燕赵之地，向来“多感慨悲歌之士”。慷慨悲歌之后，往往就是好气任侠。唐代任侠的风气很盛行，侠客满天下，著名的诗人如陈子昂、李白等，都从少年时就以行侠仗义为己任。这种情况和盛唐时代各方面的高度发达有密切的关系。在这种潮流的影响下，唐朝的少年很多从小就练习剑术，渴望能够行侠仗义，生性豪放的李白当然不会例外。

因为任侠，所以李白从小就喜欢刀兵。他“十五好剑术，遍干诸侯”（《与韩荆州书》），长大后“抚剑夜吟啸，雄心日千里”（《赠张相镐》其二）。道男儿至死心如铁，酒和剑恐怕是他生命中最不能割舍的两件东西了。“长剑一杯酒，男儿方寸心”（《赠崔侍御》），在这样一个英雄辈出的时代，有志少年谁不渴望成为世人皆知的侠之大者，做出一番惊天动地的事情。李白这一首歌行《侠客行》，恰好展现出他内心深处对这种意气纵横的人生的向往。

开篇从游侠的服饰装束开始写起：“赵客缦胡缨，吴钩霜雪明。银鞍照白马，飒沓如流星。”仅二十个字，仿佛全是写物而不写人。人物英姿飒爽的风姿就被这二十个字勾勒出来。虽然落笔看上去是在写物，但是这些并不是死物，一丝一毫都带有主人的气韵。气氛烘托得足够，李白就开始直面游侠的作为了。“十步杀一人，千里不留行。事了拂衣去，深藏身与名。”笔墨落得干净有力，将这些人不慕荣利、仗剑江湖的英雄气概写了出来。这样的人生是李白理想的人生，他就是想成为这样的人，他就是想要这样快意的潇洒人生。

接下来李白以诗的笔法，着重介绍了两位壮士相交信陵君且被托付以重任的事。他节奏很快地将侯嬴、朱亥二人一段荡气回

肠的经历泼洒出来。其中有一句尤显李白汪洋恣肆的风格，“三杯吐然诺，五岳倒为轻”，三杯酒下肚重诺想吐，三山五岳之重在此都仿佛微不足道了。李白在为侠士高唱赞歌的同时，也对于书斋中终日埋首故纸堆的扬雄之流无情地讽刺：“谁能书阁下，白首太玄经。”

这首诗看起来像在写两个侠士，实际上更多的是在写李白自己。“纵死侠骨香，不惭世上英”，这不光是李白自己的渴望，也是那个英雄辈出的盛世赋予他的渴望。

清 苏六朋 太白醉酒图

会当凌绝顶，一览众山小

望　岳　　杜甫

岱宗夫如何，齐鲁青未了。
造化钟神秀，阴阳割昏晓。
荡胸生层云，决眦入归鸟。
会当凌绝顶，一览众山小。

岱宗：泰山亦名岱山或岱岳。泰山为五岳之首，诸山所宗，故又称“岱宗”。
决眦(zì)：睁大眼睛，以至于眼角快要裂开。

泰山究竟是什么样子的呢？那仿佛无边无际的青色蔓延在辽阔的齐鲁大地上。大自然把所有的神奇秀美都凝聚于泰山，将天色的一明一暗割裂于山的南北两边。山间层出不穷的云雾使我的心胸为之荡漾，因眼睛长时间地追随那暮归山林的鸟儿，我的眼角仿佛要裂开一样。一定要登上泰山的最高峰俯临众山。到了那个时候，众山于我将变得一览无余、至微至小。

这首诗作于开元二十四年(736年)，那年杜甫才二十四岁。那时的他还是个英姿勃发的少年，漫长的人生才刚刚开始起步，所有的苦难都还没有到来。这时候的他过着一种“裘马轻狂”的漫游生活，这首《望岳》，就是他在北游齐鲁时创作的。故而这首诗不同于杜甫的其他作品，字里行间都洋溢着杜甫年轻时那种蓬勃的朝气和傲气，可惜这些到后来都随着他年岁渐长和唐王朝的衰落而消失了，面对着满眼破碎的山河，他再难找回当年的意气风发来。清人张潮在他的《幽梦影》中曾说：“值太平世，生湖山郡，官长廉静，家道优裕，娶妇贤淑，生子聪慧。人生如此，可云全福。”意思是如果能处在一个太平的时代，生在一个有山有水的地方，父母官比较廉洁，家境也比较好，伴侣孩子也都很好。人生如果能够这样，就算是十全十美了。其中“值太平世”是放在第一位的，可见一个太平强盛的王朝，对于它的子民而言是多么重要。

身处盛世的人，极易生出荡气回肠的渴望。时时想要登高临远，一览大好河山。诗的首联写杜甫乍一看到泰山就被它的高大绵延震惊了，于是高兴得自问自答。泰山怎么样呢？不只是高大，也不只是雄伟，它绵延不绝至齐鲁两国境外。除此之外还有呢？第二联继续写道，“造化钟神秀，阴阳割昏晓”，世上最能让人折服的就是天地之力，自然界自行将所有神奇秀美的景物都凝结在这座高山之中，使得一山仿佛一日一般有阴有阳。临于高山之

南宋 牧溪 杜子美像

上，杜甫的心胸一下子变得广阔起来，他极目远望，看脚下漂浮的云朵和飞快掠过的归鸟。但却不会因此而满足，人一旦站在高处，往往便会想再往高处攀登。所以杜甫在最后说，“会当凌绝顶，一览众山小”。“会当”不是“应当”的意思，而是“一定要”的意思。这是青年杜甫的雄心和魄力，是一切希望有所成就的人必不可少的气概。他引起了古今不知多少仁人志士的共鸣，因而万古流传。

这句来源于盛唐的诗，今天已经被刻在泰山之上。

天子呼来不上船，自称臣是酒中仙

饮中八仙歌 李白

知章骑马似乘船，眼花落井水底眠。

汝阳三斗始朝天，道逢麹车口流涎，恨不移封向酒泉。

左相日兴费万钱，饮如长鲸吸百川，衔杯乐圣称世贤。

宗之潇洒美少年，举觞白眼望青天，皎如玉树临风前。

苏晋长斋绣佛前，醉中往往爱逃禅。

李白一斗诗百篇，长安市上酒家眠。天子呼来不上船，自称臣是酒中仙。

张旭三杯草圣传，脱帽露顶王公前，挥毫落纸如云烟。

焦遂五斗方卓然，高谈雄辩惊四筵。

麹(qū)车：酒车。

长斋：长期斋戒。

逃禅：这里指不守佛门戒律。

贺知章酒后醉眼朦胧，骑马时就像乘船般摇来晃去，眼花落井后竟能直接在井底酣睡。汝阳王李琎每回觐见天子前都要饮酒三斗，路上碰到装满酒曲的车，酒味引得他口水直流，简直都想申请将自己的封地移到城下有泉泉味如酒的酒泉郡去！左相李适每日饮酒不惜花费万钱，酒量有如巨鲸饮百川之水。自称举杯畅饮是为了脱略政事，以便让贤。崔宗之是一个潇洒的美少年，饮酒时常常举杯抬眼望青天，俊美之姿恍如玉树临风前。苏晋虽在佛前斋戒吃素，但只要饮起酒来就会把禅心戒律忘得干干净净。李白斗酒赋诗百篇，常常在长安市上饮酒，酒醉后眠于酒家。天子召他作诗他都不肯上船，自称是酒中之仙。张旭饮酒三杯，绝妙的草书便会从他的笔下流出。他无视权贵，即使在王公贵戚面前也敢脱帽露顶，挥笔疾书，其法飘逸有如云烟。焦遂虽身为平民，但只要五杯酒下肚便也能变得卓尔不凡起来。只见他高谈阔论，常常语惊席间人。

这首诗是天宝五年（746 年），34 岁的杜甫初到长安时所作。《饮中八仙歌》是一首别具一格的“肖像诗”，它将当时号称“酒中八仙人”的李白、贺知章、李适之、李琎、崔宗之、苏晋、张旭、焦遂八位爱酒的文人联系在一起，构成一幅栩栩如生的群像速写。酒在中国文化中占有极其特殊的地位，酒能助兴，能解忧，还能用来传递人与人之间的感情。中国古代很多著名的文人都将之视作自己生命中的挚友。阮籍、嵇康、陶渊明、李白，等等，他们的文名本就和酒联系在一起。杜甫这首诗就是写出了盛唐时从上到下的名士们对酒的钟爱和痴狂。

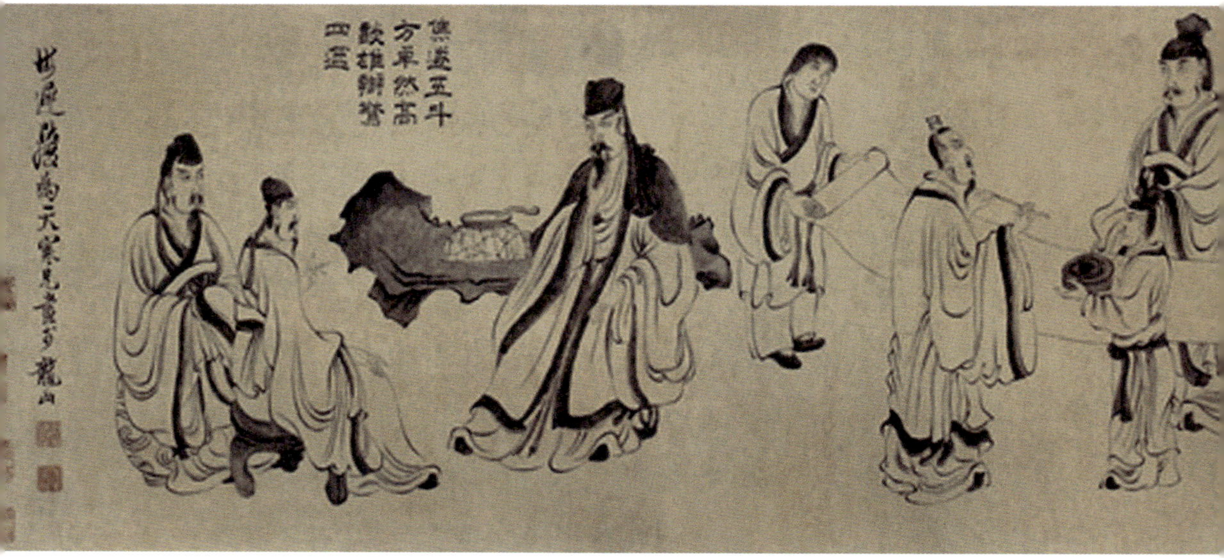

这首诗还是带着明显的青年杜甫诗歌的特点，写得很乐观很轻快，带着诙谐的意味，把这几个酒中名士描摹得既生动又贴切，读完能让人感觉每一个人物的形象都在纸上跳跃。他们之间的联系就是酒，在诗中他们每个人的特点也就是爱喝酒，可是他们爱的方式是不一样的，王侯将相有王侯将相的方式，风流才子有风流才子的方式，杜甫的功力就在于把他们每个人的特点都把握得非常精准，而且还能在精准中显示出人物的可爱来。比如贺知章年事最高，本来性格应该持重一些的，杜甫却写他醉酒后滑稽的样态，恰好显出这个人不拘一格生性旷达的特点。还有写汝阳王李琎“恨不移封向酒泉”，他是八个人中唯一的皇亲国戚，而且还是唐玄宗很喜欢的侄子，所以只有他才有这个能力和胆子想要“移封”，这一点也被杜甫给把握住了。前五个次要人物出场后，杜甫浓墨重彩地凸显中心人物李白。他是李白的好友，一直钦佩李白的才华，所以他用心将李白塑造成一个桀骜不驯，傲视一切的

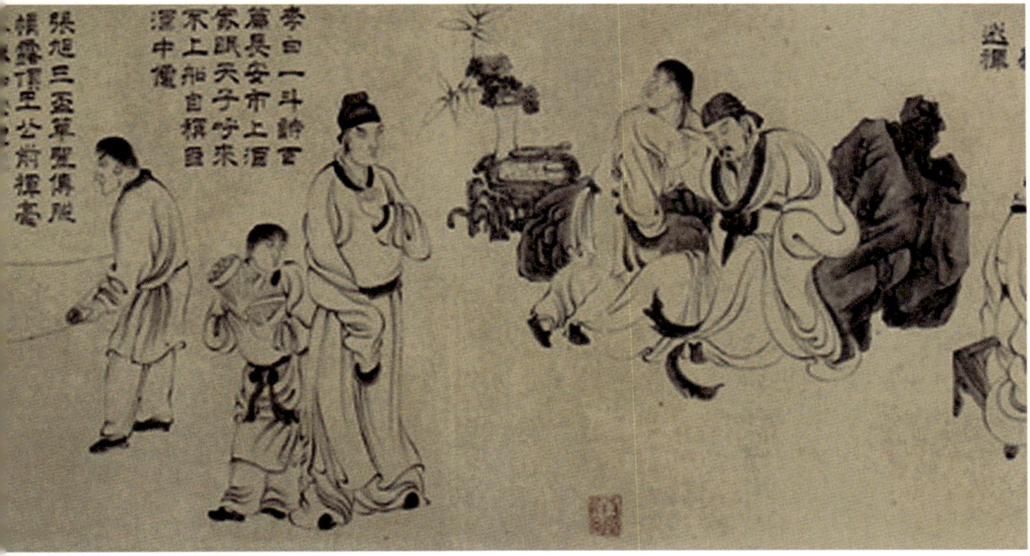

明 陈洪绶 饮中八仙图(局部)

极有魅力的形象。天子呼来都不上船，还说出那样可爱又有个性的话："臣是酒中仙！"这真是李白，既是杜甫喜欢的李白，也是千百年来人们心目中的李白。

这首诗可以说是杜甫的独创，在他之前没有人这样写过诗。他将这些千年前的风流人物形象通过一首歌行传递到我们面前来，他对他诗中所描写的那些放荡不羁的人物持有一种明显褒扬和倾慕的态度，他使我们知道盛唐是一个多么开明的时代。

回”，之前有人认为这两句诗是以状似旷达的笔调抒写长期处于生死边缘的悲痛。这样的理解有一定道理，但却忽略了盛唐时代将士所有的气度。这首诗里并没有什么悲伤之情，他就是在说我要是醉了你们不要笑，反正我们已经将生死看淡了，其他的比如出丑失仪之类的小事就更不值得在意了。醉卧沙场，仰头是碧蓝的天，身下是金黄的沙，是多么自在无拘，多么开朗豪迈的一种感情，这是一场欢乐的狂热的酣畅的宴会，不管明天又有什么生死战役，他们只要今朝的快乐足矣。

王翰这首诗是真正的盛唐边塞诗，明明是关乎生死的大事，但他却能把它写得明快跳脱，热情奔放，充满慷慨豪迈、超脱潇洒的乐观精神，给人以激昂的鼓舞，这也正是盛唐时金戈铁马的气象。

唐 韦偃 双骑图

自恨罗衣掩诗句，举头空羡榜中名

游崇真观南楼睹新及第题名处 鱼玄机

云峰满目放春晴，历历银钩指下生。

自恨罗衣掩诗句，举头空羡榜中名。

银钩：指榜上的书法刚劲有力。

春试过后放榜，满眼都是一个个中榜才子的名字，清晰分明的书法不知是出自何人手中。只恨自己是个身披绫罗的女子，纵有满腹才华也只能掩去心中的诗句，徒徒羡慕榜上之人。

这首诗的作者鱼玄机是个女子，长安人。初名鱼幼微，字蕙兰。早先给补阙李亿作妾，但是李亿的妻子容不下她，后来她被逼到长安咸宜观出家为女道士。鱼玄机是当时著名的才女，好读书，尤善作诗。但与她的诗才相比，她更加为人所称道的应该是她放浪形骸的行迹。在被逐出李家送入道馆后，她自甘浪荡，广纳入幕之宾。后来甚至因为争风吃醋，失去理智将贴身丫环鞭打致死，自己也因此而被处以极刑。鱼玄机是一个天生的女诗人，她带着一种与世俗生活偏离的特质，生活在常规之外。她不拘礼法，勇敢傲岸，热衷于享受情爱，生活糜乱，最终也因此付出了代价。

此诗作于唐宣宗大中十二年(858 年)春闱放榜后，鱼玄机游长安崇真观南楼之时。当时正值一群新科进士争相在观壁上题诗留名。自幼饱读诗书、才思敏捷的鱼玄机，看着壁上的题诗一时间感慨万分，于是写下了这首七绝，以抒自己空有一身才华，却因身为女子而无法施展的遗憾。

此诗首句以云峰放晴来象征放榜，用笔巧妙而富有想象力。接着写看到上榜士子在崇贞观壁上题名的盛况。这两句写得很大气，不知情者可能误以为是男性的作品。而这恰好展现了她非凡的才华。后两句笔锋突然一转，写自己虽然有诗才，但因为是女子，终究还是无法像男人一样登科及第，再羡慕也是枉然。

中国古代女子长期受到封建礼教的禁锢和“女子无才便是德”观念的影响，生活范围被强制限定在庭院闺阁中。纵然她们的才情不亚于男人，也只能在不甘和寂寞中虚度自己的年华。古代女子的诗作能流传下来的不多，描写女性生活的作品大都是由男子代言。况且女子就算写诗，也多是抒发个人

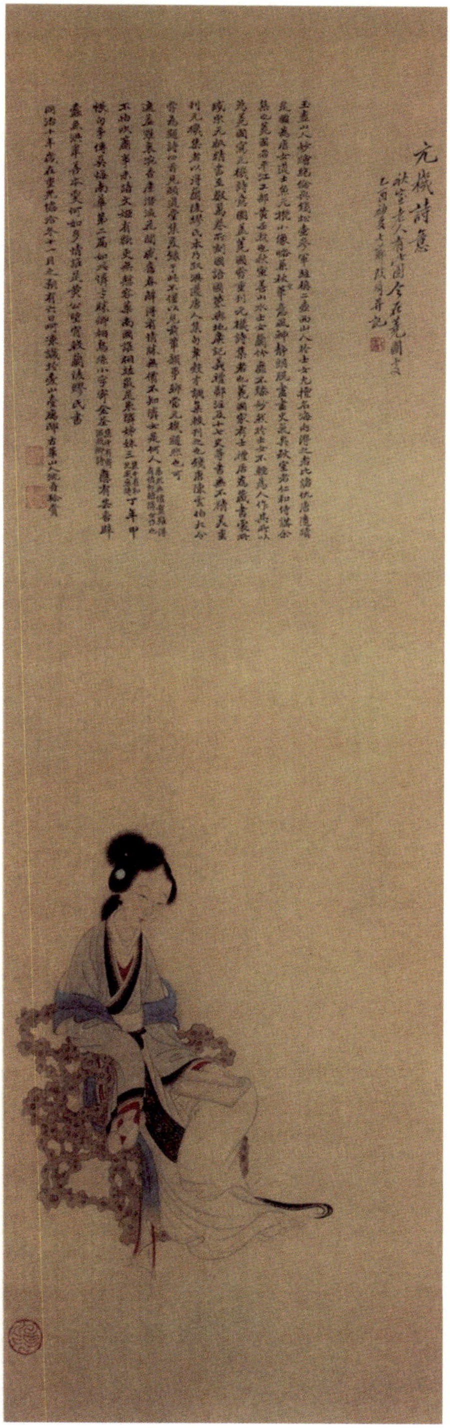

清 改琦 元机（即鱼玄机）诗意图

伤春悲秋的情感，像鱼玄机这样能真正思考由性别带来的不公的女子，真是少之又少。这是一个有思想的女子对自己所处的时代的醒觉，但也只有足够开明的时代才会催生出这样的醒觉。这是唐朝的魅力。

逍遥游

五岳寻仙不辞远，一生好入名山游。

——李白《庐山谣寄卢侍御虚舟》

唐代疆域辽阔，山河胜迹遍布四海之内。许多诗人一生都流连于天南海北，醉心于湖光山色。每逢得遇美景奇观，或描摹山河秀色，或引以自伤身世。凡有触动，便兴起而歌，为后世留下了许多具有跌宕之致的作品。

襄阳好风日，留醉与山翁

汉江临泛 王维

楚塞三湘接，荆门九派通。江流天地外，山色有无中。
郡邑浮前浦，波澜动远空。襄阳好风日，留醉与山翁。

山翁：一作“山公”，指晋代名士山简，山涛幼子，他曾镇守襄阳，有政绩，好酒，每饮必醉。

汉江流经楚地又折入三湘，西起荆门又东连九江。远望江水似流至天地之外，近看山色缥缈于若有若无之中。岸边郡城恍若在水面浮动，水天相接处波涛滚滚涤荡云空。襄阳的风光绝美无

清 王原祁 仿子久笔意图

伦，我情愿在此和山翁共谋一醉。

汉江又称汉水，是长江最大的支流，发源于秦岭南麓，流经陕西汉中、安康，湖北十堰、襄阳等地，到汉口流入长江。这条河古往今来养育了很多华夏子孙，在中国历史上具有重要地位，常与长江、淮河、黄河并列，合称“江淮河汉”。唐玄宗开元二十八年（740年），王维因公事途经襄阳，此诗便是他在襄阳欣赏汉江景色时所作。

王维喜欢山水，晚年更是半隐居在山环水绕的辋川别业中。但眼前浩瀚的江河和他从前所见的溪流和泉水是不一样的，它无疑更加壮阔。面对这样的景致，王维心情很激荡，诗的开篇就气势磅礴：“楚塞三湘接，荆门九派通”，勾勒出汉江支流纵横、雄浑壮阔的景象。湖北、湖南在古代都属于楚国的辖地，襄阳位于其中，所以被称为“楚塞”。河流流经地面时划下行迹，三湘之水将楚地一分几块，接着又与长江九派合流。汉江通三湘连九塞、包融万象的气势就这么被显示出来了。诗歌受到字数的限制，诗人没办法将纳入眼帘的所有景色都描写下来，但他如此粗粗一笔，便也将汉江之上烟波浩渺的景致都收在笔端了。

“江流天地外，山色有无中”，这一联写得更加宏大。“天地外”将眼前的江水延展至无边无际，“有无中”将两岸青山点染得似隐似现。这就像是王维所深深喜爱并擅长的水墨画，含蕴不尽，余味悠长。思绪刚刚飞出去，紧接着诗人又将笔墨从虚无的画境中收拢到眼前动荡的景致中来：“郡邑浮前浦，波澜动远空。”正当诗人极目远望的时候，突然间风起浪涌，所乘之舟上下波动，不远处的襄阳城也随着波浪在江中浮沉。此时此刻，仿佛头顶的天空也因之摇荡起来。“浮”“动”两个字用得很妙,它把之前那种飘飘悠悠的诗境冲散了,让人从虚无的迷恋中又回到真实的动荡上来,而这样的动荡却又是澎湃的汉江所给予的。描摹完汉江风物的壮美,尾联“襄阳好风日,留醉与山翁”,则是直抒对襄阳风物的喜爱了。面对眼前绝好的景物,一个人欣赏总是寂寞的,于是他直言渴望,希望能与好友同醉于此间。

可是再喜欢也依然不能久留,他还要继续上路。

野旷天低树，江清月近人

宿建德江 孟浩然

移舟泊烟渚，日暮客愁新。

野旷天低树，江清月近人。

夜幕降临之时，把小舟移靠在烟波浩渺的小洲旁，客居他乡的新愁随之也涌上心头。旷野无边，只有萧疏的几棵树木点缀，天树相接之处，远天竟显得比树还低。月色空明，江水清澈，明月仿佛也能感知人的寂寞，故来与人相亲相近。

建德江是今浙江上游新安江、兰溪在建德市东南汇合处的江流。这首诗是孟浩然于开元十七年（729 年）离乡赶赴洛阳，途中漫游吴越时所作。

唐诗中有许多描写羁旅行役的作品，这首《宿建德江》所表现的内容原本称不上稀奇，但孟浩然独有的“淡”的特性，却赋予了此诗别样的况味。诗中小舟所停靠的就是建德江边一个烟雾缭绕的小洲，他没有对这个小舟作什么描绘，就轻轻一个“烟”字，任凭读者自行想象那水汽弥漫的画面。

“移舟泊烟渚，日暮客愁新”，“日暮”与“泊”“烟”相呼应，因为日暮，又因为烟雾缭绕看不清路，所以船才需要找地方停泊。“客愁新”三个字很耐人寻味，“客”代表着寓居他乡，“愁新”二字仿佛是突然冒出来的一样，看不出来历。是什么撩动了他的新愁呢？是因为离家远行，还是因为初到一个地方无法适应，又或是因为思念什么人？这些问题的答案在诗中都无迹可寻。而且作者只停留了一下，就又回到状景上了。回头是苍茫的旷野，上面零星的几株树仿佛在映衬着他的孤寂。而“江清”映衬着“月近”，这是只有身在船上才能感受到的景物。因为江清，所以能将月亮清晰地投映在其中，伸手就可触碰，或许诗人的愁在此也被消弭了一些了吧！不管怎样，到底还有月亮与他亲近。

同样是离乡在外，游山玩水和羁旅行役绝对是不同的。“皇皇三十载，书剑两无成。山水寻吴越，风尘厌洛京”（《自洛之越》），孟浩然也曾怀揣着一腔期望前往长安，那时他怀着积极的态度，以为人生尚有许多种可能。可是如今，所有的热望都化作浓重的愁绪积压在心里，有时受到某个场景的触发便会悠然浮现于心。这样的浮现往往很自然，仿佛了然无形，平淡却又清晰。于是他便写诗，可诗就只有那么寥寥的二十个字，很多东西都只能萦绕在诗外。可以想象，日暮又日出的时候，孟浩然乘舟悄然远去，只余下几缕愁绪在无尽的建德江中。

山随平野尽，江入大荒流

渡荆门送别 李白

渡远荆门外，来从楚国游。山随平野尽，江入大荒流。

月下飞天镜，云生结海楼。仍怜故乡水，万里送行舟。

从荆门之外远道而来，到楚地尽兴游览。山随着原野从地平线处逐渐消失，江水在一望无际的荒野上奔流。明月映在水中，恍如从天而落的一面镜子，云雾绵延，结出变幻无穷的海市蜃楼。面

明 沈周 京江送别图(局部)

对如此美丽的景象，我却仍然怀恋我的故乡蜀地流出的水，不辞辛劳地送我万里行舟。

荆门是一座山，在今天湖北宜昌市东南的长江南岸，是楚地的西塞，因山形似门，所以叫荆门。此诗是开元十三年（725年），25岁的李白第一次离开家乡蜀地、途经此地时所作。

“仗剑去国，辞亲远游”（《上安州裴长史书》）的青年李白，此次是怀着蓬勃的志向离开家乡，前路漫长，他不知道自己即将遭遇些什么事，但他的心志很坚定，一心想要到外面广阔的天地中做出一番大事业。所以他在开篇便直接言道：“渡远荆门外，来从楚国游。”气象很开阔，他刚刚才从蜀地来到楚地，心里充满了对前路的好奇，即便眼前只是山、野、月、江这样的寻常景物，他也要

兴奋地加以描述。“山随平野尽，江入大荒流”，眼前的景致跟家乡的到底还是有些不一样的，蜀道崎岖，原野远不像眼前这样平坦。家乡随处可见的山到此地也渐渐消失了，这像是冥冥之中的一种喻示，年少时的一切从此便与他的生命剥离。奔腾咆哮的江水涌至辽远的荒漠上，而他的人生也当如此涌入一片更加广博的地域中。这一句写得真是既壮美又新鲜，从诗句中蕴满的气势可以窥见，诗人此刻的心情定是不平静的。而到他好不容易终于平复下来的时候，夜色却已悄然降临。“月下飞天镜，云生结海楼”，波光粼粼的江面上，月亮的倒影浮现在水中，一个“飞”字，传神地将动感引入到静态的江月画面中，再加上夜空中云丝绵延，悄然变幻的样态仿佛海市蜃楼一般奇妙。或许这样的云和月李白在家乡也是见过的，所以他才突然动了思乡之情。于是他叹息说：“仍怜故乡水，万里送行舟。”送他走到这里的仍然是故乡的水，既如此，那是不是就可以当作他从来就没有真正离开过故乡呢？“故乡水”这三个字的妙处就在这里，尽管人已经逍遥在万里之外，但故乡的一切却片刻没有自他心上剥离，所以眼前所见的一切才能够与之联系起来。诗题中的“渡荆门送别”，并非是李白与人送别，而是同故乡之水送别。这里他将江水拟人化，仿佛是要说连江水都舍不得自己，不想让自己离开，其实想要抒发的却是自己尽管渴望外出建立一番功业，但仍对家乡怀有深深的眷恋之情。

李白一生羁旅不定，祖国的大半河山都印有他的足迹，很多地方也都留有他吟诵的诗篇。这首《渡荆门送别》是他早期的作品，那时的李白还没有遭受到什么打击，他依然单纯地认为凭借着自己的才华就定有一番作为。这首诗所呈现出的明快基调正是与这种心态相适应的。人生若只如初见，只可惜很多事无法一直停留在梦尚未破碎的当初。

五岳寻仙不辞远，一生好入名山游

庐山谣寄卢侍御虚舟 李白

我本楚狂人，凤歌笑孔丘。
手持绿玉杖，朝别黄鹤楼。
五岳寻仙不辞远，一生好入名山游。
庐山秀出南斗傍，屏风九叠云锦张。
影落明湖青黛光，金阙前开二峰长，银河倒挂三石梁。
香炉瀑布遥相望，回崖沓嶂凌苍苍。
翠影红霞映朝日，鸟飞不到吴天长。
登高壮观天地间，大江茫茫去不还。
黄云万里动风色，白波九道流雪山。
好为庐山谣，兴因庐山发。
闲窥石镜清我心，谢公行处苍苔没。
早服还丹无世情，琴心三叠道初成。
遥见仙人彩云里，手把芙蓉朝玉京。
先期汗漫九垓上，愿接卢敖游太清。

傍(páng)：通"旁"。

汗漫：渺茫不可知。

九垓(gāi)：九天之外。

卢敖：战国时燕国人。《淮南子》载，卢敖游北海，遇怪仙迎风而舞，意与游，怪仙笑道："吾与汗漫期于九垓之外，吾不可以久驻。"遂纵身跳入云中。

我本接舆楚狂人，高唱凤歌笑孔丘。手持绿玉杖，清晨辞别黄鹤楼。攀登五岳只为寻仙，从不畏道路艰险，一生爱好遍览名山。秀美的庐山挺拔在南斗之旁，九叠云屏似锦绣云霞般铺展开来。山影坠入湖中放出青色的光芒，金阙岩前双峰直入高云，三叠泉水恍如银河倒挂石梁。香炉峰瀑布与之遥遥相望，重峦叠嶂耸入云霄凌然苍茫。翠云红霞辉映着朝阳，鸟儿飞不过辽阔穹苍。登高远望极目天地，大江悠然东去从不回还。空中万里黄云变幻风色，波浪九条如雪山奔淌。爱为庐山高歌，情兴因壮美的庐山风光而肆意滋长。闲时观看石镜令自己的心境清明，谢公灵运的足迹早被青苔掩藏。我想早点服食仙丹摒弃人间的感情，原本我就已修炼到心神和悦的境地。隔着遥远的距离望见仙人正在彩云里，手捧芙蓉朝拜玉京。我曾与汗漫相约于九天会面，希望能迎接卢虚舟一同遨游太清。

庐山，又名匡山、匡庐，位于江西省九江市。东偎婺源鄱阳湖，西邻京九大通脉，南靠南昌滕王阁，北枕滔滔长江。山势雄伟，层峦叠嶂，自东北向西南绵延约二十五公里，宽约十五公里。江环湖绕，景色秀美异常。

这首诗作于肃宗上元元年(760年)，此前李白在安史之乱中因受永王李璘事件牵累而被流放夜郎，后来遇大赦而还。次年，李白从江夏往浔阳时重游庐山，写下此诗寄给他的朋友殿中侍卢虚舟。

经历了被流放一事，就算最后遇赦而还，但毕竟此事对李白的打击仍是巨大的。其实从被

明 沈周 庐山高图

赐金放还甚至更早的时候，李白的内心便已发生变化，再回不到“仰天大笑出门去，我辈岂是蓬蒿人”的心态了。尽管他的诗歌还是作得狂放，可在这种豪放中已经显示出明显的消极来了。这首诗中体现出的强烈的避世寻仙意味，无疑正是在映衬这种消极。此时的他几乎已经对仕途不抱幻想，只想在山水中得到寄托，在求仙问道中获得永恒的逍遥，所以这首诗虽看着气魄飞扬，却通篇都能看出李白因对现实浓烈的失意从而避世求仙的愤世之情。

“我本楚狂人，凤歌笑孔丘。”这里面有个典故，春秋时孔子曾去游说楚王，这时楚国的狂人接舆从他车前经过，唱道：“凤凰呀凤凰！你的德行为什么衰败了呢？过去的是无法挽回了，未来的还是可以补救的！算了吧，算了吧！现在当政的那些人危险至极！”这是在嘲讽孔子想做官，孔子下车想和他谈谈，接舆却连忙避开了。李白在此以楚狂自比，直截了当地表明了他对政治的失望，暗示要像楚狂那样去过隐居生活。接下来就说得更明白了，“手持绿玉杖，朝别黄鹤楼。五岳寻仙不辞远，一生好入名山游”。世俗的很多事情都无法改变，但自己一生爱好名山的心却始终如一。接下来，诗人开始直接描摹庐山的风光，他先写山景鸟瞰：“庐山秀出南斗傍，屏风九叠云锦张，影落明湖青黛光。”古人常用天上的星宿指配地上的山川，庐山一带正是南斗的分野。而屏风九叠，指的是五老峰上的九叠云屏。九叠云屏像锦绣般展开，湖光山色相互映照，发出青黛的光芒。大致勾出庐山的壮丽，给人一个整体的印象。然后才来精雕细琢：“金阙前开二峰长，银河倒挂三石梁。香炉瀑布遥相望，回崖沓嶂凌苍苍。”金阙、三石梁、香炉、瀑布，这些都是庐山绝景。金阙岩前矗立的山风，三石梁瀑布有如银河倒挂，与香炉瀑布遥相对应，周围环绕着陡峻的山崖。这真是辽阔不尽的景致，面对山河的壮丽，人心中所有的烦忧都似微不足道了。

“登高壮观天地间，大江茫茫去不还”，天地无垠，江山广博，诗人想要离开然后再不回来。“闲窥石镜清我心，谢公行处苍苔没。”照照石镜让沉重的心境收获几丝清明，当年谢公走过的地方此时已被青苔覆盖，在自然面前人世间的许多东西都被冲淡了。世事无常，物是人非其实才是常态。李白清楚这一点却不满于这一点，所以他想超脱于现实之外，想要访道寻仙，寻求神仙世界千年如一日的逍遥。

李白生性不喜欢受拘束，他更像是自然之子，比起朝堂，他其实更适合在名山大川中放浪形骸。他来过庐山好几回，每次都带着不一样的心情。心态不一样，欣赏景物的角度自然也是不一样的。人事代谢，江山千古，和自然比起来，人的一生短暂得几乎可以忽略不计。就像如今再看这首诗，写下它的诗仙如今已经再也见不到了，但诗中所描绘的壮美庐山却仍屹立着。

飘飘何所似，天地一沙鸥

旅夜书怀 杜甫

细草微风岸，危樯独夜舟。星垂平野阔，月涌大江流。

名岂文章著，官应老病休。飘飘何所似，天地一沙鸥。

危樯（qiáng）：高高树立的桅杆。
应：一作“因”。

微风轻轻拂动江岸的细草，那立着高高桅杆的小船在夜色里孤独地停泊着。繁星垂在天边，平野显得无比宽阔；月光随波涌动，江水在月光的照耀下滚滚东流。回顾自己的一生，名气竟是因文章而来的，而为官生涯本应在年老多病时才休止。如今这样东飘西荡究竟像什么？恰似天地间飘零的沙鸥。

唐代宗永泰元年（765 年）正月，杜甫辞去节度参谋职务，返回成都草堂。四月，一直供他一家人生活的严武去世，杜甫在成都失去依靠，于是只得携家眷由成都乘舟东下，经嘉州、榆州至忠州。这首诗便是舟行途中夜泊时所作。

杜甫一生漂泊困顿，在成都草堂时的生活算是他一生中为数不多的一段安宁时光。可惜供他生活来源的严武去世，就是再不想，他也只能离开。此时杜甫的心情应该是十分无奈与痛苦的。他将这种心情融化到景物的描绘中，景致便自然显得消极。“细草微风岸，危樯独夜舟”，看着是在写景，其实就是在写他自己此时的处境，像江岸细草一样渺小，如江中孤舟一般寂寞。

接下来写远景：“星垂平野阔，月涌大江流”，这两句写得雄浑阔大，和李白那句“山随平野尽，江入大荒流”（《渡荆门送别》）在句式和意境方面都很相似，经常被人一起称道，堪称旷远之作的代表。但杜甫这句却并不是在表达极目远眺后的开阔胸襟，而是在反衬自己暮年飘零的凄苦。虽是写景，但还是为了“抒怀”。他写明亮的繁星，写辽阔的平野，写浩荡的江河，无不是为了反衬出自己孤苦伶仃前路渺茫的凄怆。像这种以乐写哀的笔法，在我国古典诗歌中是很常见的。

诗的前半是写景，后半就是“书怀”了。“名岂文章著”，一个“岂”字放在这里其实就是为了自讽，名声不因政治抱负而显著，反因文章被玄宗赏识才得了个左拾遗的官职。这绝不是他的初衷，但命运却总是弄人，这里就是在表达他仕途不顺抱负无法施展的愤慨。而说“官应老病休”，别人做官都是因老而多病而休，但他这一个“应”字表示其实不是的，那到底是为什么，诗人也没有直接说出。暮色苍茫，彼时杜甫独自面对着辽阔寂寥的原野自伤身世，深感自己漂泊无依的苦楚，茫然间感觉自己仿佛只是天地间一只无所依傍的沙鸥。

读万卷书不如行万里路，可是同样行万里路，逍遥畅游和被迫漂流却是两种截然不同的心境。青年杜甫写“岱宗夫如何，齐鲁青未了”（《望岳》）时的意气风发此时早已荡然无存，他已经不知道家在哪里，不知道未来会怎么样。这种强烈的不安充斥了他的心，眼前再美的湖光山色于他而言，除了增添愁绪之外，似乎也没有别的用处了。

昔闻洞庭水，今上岳阳楼

登岳阳楼 杜甫

昔闻洞庭水，今上岳阳楼。吴楚东南坼，乾坤日夜浮。

亲朋无一字，老病有孤舟。戎马关山北，凭轩涕泗流。

坼(chè)：分裂，这里是说，辽阔的吴楚两地被洞庭湖一水分割。

涕泗：眼泪和鼻涕。

很早听过闻名遐迩的洞庭湖，今日才有幸登上湖边的岳阳楼。湖水浩瀚像把吴楚东南隔开，天地像在湖面日夜荡漾漂浮。漂泊江湖亲朋故旧不寄一字，年老体弱只得蜷缩于这一叶孤舟。关山以北的烽火仍未止息，凭窗遥望心忧家国不禁涕泗交流。

岳阳楼原是唐岳州巴陵县城门西楼，相传是三国时吴国大都督鲁肃在洞庭湖操练水军时的阅兵台。唐玄宗开元四年(716年)，中书令张硕谪守岳州，在原遗址上建楼。楼成之后，张硕经常邀文人墨客登楼赋诗，此楼从那时起开始出名。但彼时仍只称“西楼”，直到李白、杜甫先后作诗吟诵后，该楼才被更名为岳阳楼。杜甫于大历三年(768年)岁暮登临此楼，写下了这首《登岳阳楼》。

可能总是从前人的诗中听到这个地方，杜甫对洞庭湖向往已久，所以他才在一开篇说：“昔闻洞庭水，今上岳阳楼。”可当真到了自己心慕已久的地方，实现了自己多年的向往，句中却仍看不出一点如愿以偿的兴奋。其实这样的情感也算由来有自，从“昔”到“今”，于国于家都发生了太多事。安史之乱给唐王朝极其沉重的打击，王朝自此由盛转衰，这是国家的悲哀。而杜甫在遭遇了诸多坎坷后，终于也落得如此贫病交加的地步，这是个人的悲哀。带着这样的一腔愁绪，他不可能高兴得起来。

第二联“吴楚东南坼，乾坤日夜浮”。这两句紧扣上联的“洞庭水”，诗人站在岳阳楼上，向东南方向极目眺望，只见洞庭湖水茫茫一片，一眼望不到头，将吴地和楚地分裂到东西两边。“坼”字非常有动感，仿佛湖水是有生命的，它只是主观地将这些东西切割开来。后一句中，“乾”是天，“坤”是地，杜甫站在岳阳楼上四面眺望，只见洞庭水仿佛散开到无边无际的地域，天地万物都被它漂浮起来。和“坼”一样，“浮”字也很有动感。它们让洞庭水活了起来，能割裂大地，能浮动乾坤，这就极大地夸大了它的力量，将本来看不到的吴楚大地和整个天地都纳入了洞庭湖的怀抱。这不只是洞庭湖的胸怀，也是杜甫的胸怀。“吴楚东南坼，乾坤日夜浮”，唐王朝的衰败和国势的不安定历历在目，就像眼前浮动的乾坤一样，不知何时便遭倾覆。杜甫深深忧虑的同时，又忍不住联想到自己的身世和处境。“亲朋无一字”写他个人的孤苦，“无一字”说明音信的断绝，音信断绝，当然就无法得知外面的情况。这对一直不忘君王、不忘国家的杜甫来说，无疑是非常煎熬的。“老病有孤舟”是写他全家的动荡与漂泊。这一年杜甫五十七岁，身患肺病、疟

明 安正文 岳阳楼图

疾、耳聋等多种疾病。身心的痛苦交替折磨，不难想象他的生活已经到了怎样的地步。

除了个人的悲苦外，这里头还包含着杜甫血液中本能的一些东西。他本来就是一个先天下之忧而忧的人，更何况此时就连天下人都忧得不成样子。王朝的衰败，民间的疾苦，外族的侵扰，国库的空虚，人才的缺乏……在杜甫登上高楼极目远眺的时候，他一定会想到这些。可一想到这些，他紧接着就会想起自己孤舟漂泊，老弱多病的处境。如果说“乾坤”是天下，那“孤舟”就是杜甫自己。在浩瀚的洞庭湖中，“乾坤”仿佛都是动荡的，而“孤舟”身处这动荡中，当然更加动荡。

尾联“戎马关山北”，这句是杜甫的猜想。当时吐蕃入侵，威胁长安，此时的杜甫得不到外界的消息，不免会朝最坏的方向去设想。“凭轩涕泗流”就是因为他已经设想到长安危急，人民遭难的情景，所以忍不住老泪纵横。但除了痛苦外，别的他什么都不能做。

三百年后，范仲淹登岳阳楼写下《岳阳楼记》，在文中分别写了在天气好与不好的时候，登楼人的不同心境。文中说如果人在“阴风怒号、浊浪排空”时登楼，免不了会生出“去国怀乡，忧谗畏讥，满目萧然”的感慨。但其实那到底还是在太平盛世，如果是像杜甫这样处在山河动荡的时代，即便再明朗的天气，怕也难以驱逐心头浓重的阴霾。

姑苏城外寒山寺，夜半钟声到客船

枫桥夜泊 张继

月落乌啼霜满天，江枫渔火对愁眠。

姑苏城外寒山寺，夜半钟声到客船。

诗题一作《夜泊松江》，又作《夜泊枫江》。

姑苏：苏州的别称，因城西南有姑苏山而得名。

寒山寺：在枫桥附近，始建于南朝梁代。相传因唐代僧人寒山、拾得曾在此修行而得名。

一个秋天的夜晚，他独自泊舟在姑苏城外的枫桥下。夜幕无声笼盖四野，不知从哪里传来乌鸦阵阵啼鸣，月光和清霜一道自空中落下。江边的红枫和明灭的渔火幽然相对，幽光点燃他心中的愁绪，令他彻夜难眠。恰好夜半，从不远处的寒山古寺里传出阵阵钟声，悠悠地飘至客船来。

姑苏就是苏州，寒山寺在今苏州市西枫桥镇，传说因唐代诗僧寒山曾住于此而得名。作者张继字懿孙，襄州人，天宝十二年(753年)进士。考中进士对古代的学子来说无疑是一件大喜事，可就在他高中两年后的天宝十四年，安史之乱爆发，张继被迫避居江南。这首《枫桥夜泊》大约作于他隐居江南后不久。

这首诗一开篇就呈现出极密集的意象：落月，啼乌，满天霜，江枫，渔火，不眠人。景象充盈完满，画面也很明晰，就像是他在某一个时刻，直接将眼前所有的景物尽收于眼底和头脑中，然后再照着抄下来一样。午夜时分，弦月早已沉落下去。王维曾写过“月出惊山鸟”(《鸟鸣涧》)的句子，月出既然能惊鸟，那月落惊乌也是理所当然。被惊醒的栖乌啼叫了两声，很快便又沉静下去，诗人开始感受到夜的凉意。“霜满天”这是张继出于主观感觉后的创造，并不是自然现象，因为清霜在地不在天。可是当深夜的寒冷从四面八方将他包围的时候，张继于无限的清冷中生出幻觉，他感到寒霜的凉意铺天盖地，无所不在。月落是他眼睛所见的，乌啼是他耳朵所听的，霜满天是他身体所感的，这一切层层叠叠地缠绕，将他囚禁在一个无边清冷的世界里。

他在这样的一个夜里失眠。既然睡不着，索性就不睡了，他起身走出船舱，去看雾气笼罩的江面。岸边有许多红枫，映衬着江上星星点点的“渔火”。近处远处皆是怅望，江枫渔火两相凄迷。诗写到这里才点出作者的形象，一个怀愁失眠的旅人。但他虽然忧愁却并不孤独，因为有景物在与他“对愁眠”，不管是自伤还是自悯，好歹他已经平静下来。

比起前两句密集的意象，后两句就显得很简单了，这两句只描绘了一个事物，就是夜晚寒山寺的钟声。因为这清夜的钟声，这首诗的氛围就此勾画完全。整幅画面到这里，变得既有声又有色，空灵而忧伤。在这样寂静的夜里，钟声比平常更清晰地敲打在他心头。随着那一下一下的声响，往事也一波一波地朝他袭来。此时此刻此情此景，他会想些什么呢？史籍里记载他“为人自矜，素怀大志”，他是个怀有志向的人，应该有很多事情想要去做。况且他已经考上进士了，无限的未来就在眼前。可是还没有来得及，战争就爆发了。战争是历史的长河中最没有逻辑也最没有道理可讲的时段，多少有才华有抱负的人在这个时段里莫名其妙地葬送了最好的年华。这些人里面自然也包括张继，国家动乱的局面，避居江南的窘境，所有的负面情绪通通压在他的心头，而寒山寺夜半的阵阵钟声，只不过是恰巧应和了他心中的愁绪，无意之间也成全了这首诗。

晴川历历汉阳树，芳草萋萋鹦鹉洲

黄鹤：一作“白云”。
此地：一作“兹地”。
余：一作“遗”

黄鹤楼 　崔颢

昔人已乘黄鹤去，此地空余黄鹤楼。

黄鹤一去不复返，白云千载空悠悠。

晴川历历汉阳树，芳草萋萋鹦鹉洲。

日暮乡关何处是？烟波江上使人愁。

传说中的仙人已乘黄鹤飘然而去，唯有黄鹤楼空留于此。黄鹤一去再也没有回返，千年来只剩下白云飘飘悠悠。楼旁江畔，碧树历历可辨，鹦鹉洲头，芳草萋萋难数。日暮降临忽不知家乡何处，江上烟波绵缈撩乱乡愁。

黄鹤楼在今湖北武汉长江大桥武昌桥头，因楼在黄鹤矶上而得名。古人附会传说此楼是因曾有仙人乘黄鹤路过而得名。作者崔颢是汴州人，开元十一年(723年)进士。他很有诗才，但在当时名声并不好。他酷爱饮酒和赌博，且极度轻视女性，娶妻必娶美人，但娶回家没过多久就将之抛弃，人品为人所恶，被时人评价为“有文无行”。他早年的诗歌风格很浮艳，但在中晚年经历世事后，风格转为雄浑自然。他的这首《黄鹤楼》诗曾被以严羽为代表的古代评论家誉为“唐人七律第一”，后来登楼的李白也不禁为之赞叹搁笔，留下“眼前有景道不得，崔颢题诗在上头”的诗句，无作而去。

这首诗从黄鹤楼的命名开篇，写那个流传已久的仙人驾鹤而去的传说。传说当然是假的，但崔颢这里就当它是真实的来写。而且他在这里还做了一件大胆的事，他把前人用了几百年好不容易定下的律诗格律给打破了。前四句中重复出现了三个“黄鹤”，这在律诗中是大忌。第二联的上半句几乎全是仄声，后半句最后三个字还是三平调，这也不符合格律诗平仄相间的规律。但它并不是一首古体诗，只是崔颢在作此诗时明知而不顾，就是要顺畅地一抒心中的感慨。昔日的仙人已驾鹤而去一去不返，只留下这座黄鹤楼千年空落。这样不管不顾的态度，不意间却赋予此诗一种古今流逝的苍茫感。也正是因为他这种“不因词害意”的执着和“纵笔写去”的勇气，才赋予了这首诗独特的韵味和格调。

前半首纵横恣肆，后半首就回到律诗正常的节奏中了。其实他或许也可以不回到格律上来，但那样的话这首诗就完全变成一首七言古诗了。古诗作起来当然要比律诗自由，也更好抒发汪洋恣肆的情感，但是崔颢没有这样做，他将思绪从之前的怀古收回来，又放回到眼前实实在在的景致当中。“晴川历历汉阳树，芳草萋萋鹦鹉洲。”这两句对得极工整，完全是格律诗的作法。回头是苍茫难以捉摸的远古，眼前是随时

明 安正文 黄鹤楼图

光飞逝着的景物，传说中的仙人和黄鹤早已湮灭消失无可寻觅，但眼前的芳草与嘉树却是实实在在的。他在这个时刻或许突然被一种强烈的不安全感攫住，他不知道眼前这样的真实会不会在哪一刻也倏然消失了，于是他忍不住想要寻找家乡所在的方向，寻找那些无论如何都能对他宽容以待的亲人。

从古往走到今来，他在最后将自己日暮思乡的愁绪抒发出来，情感也终落回了实处。

人间四月芳菲尽，山寺桃花始盛开

大林寺桃花 白居易

人间四月芳菲尽，山寺桃花始盛开。

长恨春归无觅处，不知转入此中来。

人间四月里百花早已凋尽，高山古寺中桃花却刚刚盛开。常为大好春光转瞬而逝感到怅恨，却不知它竟悄悄转入此间。

诗中的大林寺在庐山大林峰，相传是晋代僧人昙诜所建，在当地是有名的佛教胜地。此诗作于唐宪宗元和十二年(817 年)四月，四十六岁的白居易时任江州司马，他喜欢郊游，便约着知己好友几人一道攀登庐山香炉峰，晚上就住在大林寺中。因为大林寺地处深山之中，时序的演变比平地来得要晚，明明已经立夏，却在寺中看到了盛放的桃花，这样奇异的景象令人惊异不已，白居易受到触动写下这首绝句。

这首诗短短二十八个字，乍看上去绝没有什么惊艳的地方，就是写山中物候绝晚，与平地不同。但只要沉下心来细细一品，就能品出其中深邃的意境。“人间四月芳菲尽”，一个“人间”，就说明了在诗人的心中，这个地方并不是人间。李白也描绘过类似的奇景：“桃花流水窅然去，别有天地非人间。”(《山中问答》)同样是桃花流水的艳景，白居易一定比李白看到的时候更加惊奇，因为已经是在四月天，桃花的花期早就过了。在山下看惯落英缤纷之

明 仇英 桃村草堂图

后，不经意间竟发现山寺中的桃花才刚刚开始盛开。再加上大林寺所处的地方山高路深，人迹罕至，便更加如临仙境。之前怀有的惜春之情，在此刻尽数转为惊春之意。诗人的思绪也因惊讶而打开，“长恨春归无觅处，不知转入此中来”。他说恨春归无处寻觅，恰恰是说明了他之前也是寻过春的。这都是诗外之象，却勾勒出一个因惜春恋春去寻春却求而不得的落寞身影。他在这里还把概念给偷换了，用桃花指代了整个春光，还将春天给拟人化了，把它比作一个有意识的、会刻意和人捉迷藏的可爱角色。它不仅调皮地将自己藏到大林寺中，等到冬天过去它藏够了，便又回从山上回到人间。

这首绝句把春光写得既真挚，又富有童真，表现出诗人对春天的一片热爱。此外，这首诗中还暗藏了白居易乐观的性情。白居易本来在朝春风得意，却因直言不讳冒犯了权贵，被排挤出京城，贬至江州司马任上。仕途上的挫折肯定曾令他沮丧，之前他也定然有过“春归无觅处”的慨叹，但他写到春归后转入大林寺中，正是说明他还是愿意相信自己能等到柳暗花明的一天。

乱花渐欲迷人眼，浅草才能没马蹄

钱塘湖春行 白居易

孤山寺北贾亭西，水面初平云脚低。
几处早莺争暖树，谁家新燕啄春泥。
乱花渐欲迷人眼，浅草才能没马蹄。
最爱湖东行不足，绿杨阴里白沙堤。

贾亭：又叫贾公亭，唐代贞元年间，贾全出任杭州刺史，于钱塘湖建此亭。
才能：恰好能够。
没（mò）：掩藏，隐没。

从孤山寺北一路漫步到贾亭西边，春水漫漫初与岸平，白云重叠低垂仿佛触手可及。几只早起的黄莺争往向阳的树上栖息，谁家新来的燕子正为筑巢叼来新泥。繁花渐渐迷人双眼，浅草刚刚遮没马蹄。最喜爱西湖东边的美景，总是忍不住要在那边走来走去，尤其是那片绿杨荫下的白沙堤。

钱塘湖就是名满天下的杭州西湖，在唐朝时的面积比现在湖面大近一倍。但因当时那里没有兴修水利，所以西湖时而泛滥时而干涸，湖中蓄有许多淤泥。长庆二年（822 年）十月，白居易任杭州刺史。在任期间，他疏浚湖道，修筑堤坝，灌溉农田，留下了很多惠及后世的水利工程。此外，他还创作了大量关于西湖的诗词，其中最著名的就是这首《钱塘湖春行》。

这首诗写得很明快，可以看出白居易当时的心情是很好的，所以很完美地将春天生气盎然的感觉表现了出来。而且其中还带有一种动感，这样的湖光春色不是固定的，它是诗人边走边看到的。首句“孤山寺北贾亭西”，写的是西湖所在的方位。诗人沿湖缓步，从南边的孤山寺走到了东边的贾亭，一边走一边观察着春天的湖水。春湖初涨，云淡风轻，水面与堤岸相平，天上的云影倒映在湖水中，看着就像是云朵低垂于荡漾的波澜之上。

中间两联是白居易此诗最漂亮的两个句子，“几处早莺争暖树，谁家新燕啄春泥”。眼前的湖光山色已经令人心旷神怡，此时耳边还传来清脆的鸟鸣声。春天是莺歌燕舞的季节，“几处”“谁家”两个词描摹出莺声的此起彼伏和诗人到处寻声的样态。因为是初春，所以是“几处”而非“处处”，是“新燕”而非“老燕”。所有的一切都还很鲜嫩，一点也不浓艳的，浅浅淡淡，恰到好处。

听过头顶树梢上的莺啼燕歌，诗人又将视线移到碧草如茵的地面上来。对于时任太守的白居易来说，西湖或许已经不是别人眼中惊艳的人间天堂，而渐变成经常可见的寻常风景。别处的风景因为看一次不容易，所以常被人夸大其词。而身边的景致则因随处可见，才往往容易被人忽略。但白居易并没有这样，他在第三联中写道:“乱花渐欲迷人眼，浅草才能没马蹄”，这样看似普通的鲜花绿草，在他的笔下鲜活得甚至能摇曳生姿。缤纷的鲜花漫山遍野地开放，在湖光山色的映衬下迷乱了他的眼睛。只觉眼前尽是星星点点的彩色斑点，美不胜收，令人目不暇接。唐朝还有在西湖上骑马游春的风俗，每逢春天，常能在西湖上看见人们携二三好友，信马由缰且行且乐的画面。白居易正是瞥到了这样赏心悦目的景致，他一定神色怡然地看了好一会儿，才能注意到别人常会忽略的小细节。他看到马蹄在草地上一起一落、时隐时现的模样。初春草浅，草方能没过马蹄，马蹄经行处，它们便毫无抵抗力。

看着它们被压下后很快又抬起的样子，诗人的心变得柔软又快乐。“最爱湖东行不足，绿杨阴里白沙堤”，这是对眼前令他心情愉悦的风景所作的一个归结。这首诗从孤山寺起，到白沙堤终，作诗的人缓缓走动，景物缓缓变动，诗人的视角也在随之变化，最终完成了从一个点到另一点的挪移。

这首诗笔调很轻松，从中很容易就可以捕捉到诗人写作时的快乐心情。白居易将初春的西湖景色描绘得这样贴切这样富有生机，无疑印证了他对这一方山水的热爱。

清 张宗苍 西湖图

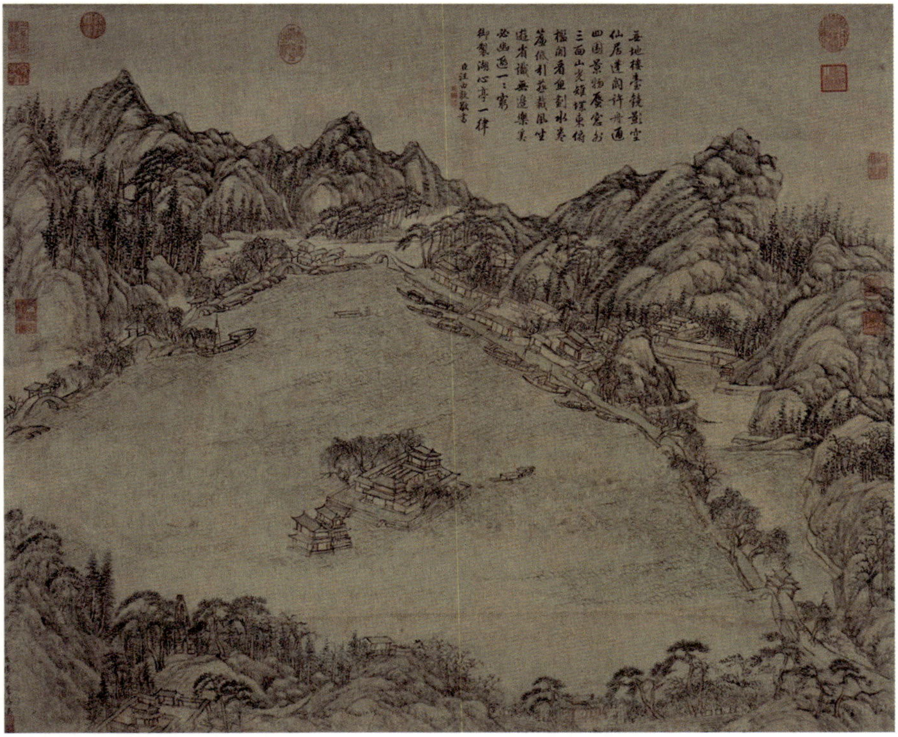

春潮带雨晚来急，野渡无人舟自横

滁州西涧 韦应物

生：一作“行”。

独怜幽草涧边生，上有黄鹂深树鸣。
春潮带雨晚来急，野渡无人舟自横。

独独怜爱这涧边默默生长的幽草，半点无意于高居茂林中鸣叫不休的黄鹂。傍晚下了春雨，晚潮连着雨水使得河中水势更急，而在本就人迹罕至的荒野渡口，此时更是连船夫都不在了，唯剩下小船独自漂浮在河畔。

唐代的滁州就是今安徽省滁州市，西涧在滁州城西野外，俗称上马河。作者韦应物，长安人。他从15岁起便做了唐玄宗的近侍，早年豪纵不羁，安史之乱后改了性情，立志读书，修身养性。他先后做过一些官，这首《滁州西涧》就是他在唐德宗建中二年（781年）出任滁州刺史时春游西涧所作。

这首诗表面是在写一方春日小景，但其中明显蕴藏了许多诗外之意。前两句作者直言，自己喜爱小涧边生长的幽草，对枝头婉转邀宠的黄鹂全无兴趣。幽草安于寂寞，黄鹂高居守节，作者把这么明显的感情色彩分派给这两样事物，其实就是在拿他情感上比较倾向的那一方来暗喻他自己。他情愿做一株无人问津的小草，也不屑成为谄媚的黄鹂。这样的心态很好理解，也符合多数人的情感倾向。但如果联系诗人本人的身世，很多东西就变得更加明白。中唐时期朝廷政治腐朽，韦应物作为一个心系百姓担忧民生的好官，他很想有一番作为，但在那样一个大环境中却很难施展。可就算是没有什么作为，他也耻于去同流合污，所以他宁愿像一株幽草一样安分守己地待在一隅，安心做眼前能做的事，不被别人注意。他明白，在当下那样污浊的环境中，被人注意其实并不是好事。

但就是这样简单的心愿有时也很难实现，作者接着写道："春潮带雨晚来急"，雨打春潮，水流湍急，幽草极轻易地就会被雨水冲刷而去。而在这样恶劣的暴雨天气里，本就人迹罕至的渡口连船夫都不在了，只剩下一艘渡船随波浮沉。"野渡无人舟自横"，这画面多少显得有点萧疏奇怪，作者在此是要说什么意思呢？其实他想要表达的是一种怀才不遇，不为所用的悲哀。同样是渡船，如果不是在这样一个野渡，而是在一个人流密集的渡口，在这样暴雨潮急的时刻，正该是派上用场的时候，不会像现在这样被丢弃在一个人迹罕至的角落。这无疑是在隐喻他自己，如果身在一个海晏河清的时代，肯定不会是当下这般情景。韦应物觉得自己此时就像这一叶小舟一样，被弃置在一个无法发挥作用的位置上。而最悲哀之处在于他发现自己既没有放手一搏与外界抗衡的能力，又没有放逐自己辞官归隐的勇气，可谓进不能退也不能。万般无奈之下，他也只好像那无人牵引的孤舟一样随波逐流。一切都被描摹得很恬淡，但同时也暗含着忧伤。

《滁州西涧》是一首痕迹很淡的诗，很容易被附会上很多意义。但就算将它单看作一首绘景诗，它也称得上是一篇构思精美的佳作。

燕子不归春事晚，一汀烟雨杏花寒

苏溪亭 戴叔伦

苏溪亭上草漫漫，谁倚东风十二阑？

燕子不归春事晚，一汀烟雨杏花寒。

暮春时节，苏溪亭外碧草漫生。亭子边上，谁在东风中轻倚斜阑？燕子尚未归来，春光却已将尽。烟雨蒙蒙轻轻笼着一片沙洲，未落的杏花在风中摇动清寒。

苏溪亭原址在今浙江省义乌市苏溪镇，今已不存。作者戴叔伦字幼公，江苏金坛人。德宗贞元年间进士，出生在一个隐士家庭。他仕途还算顺畅，先后任涪州督赋、抚州刺史、御史中丞等官，政绩卓著。戴叔伦在唐德宗建中元年（780 年）五月至次年任东阳令，苏溪距之不远，这首诗应该就是他在这段期间所作的。

这首小诗写得很秀丽，杏花烟雨里，伊人独倚阑，单就是想象那画面都会觉得很美。“苏溪亭上草漫漫”，野草丛生，满眼碧色，俨然暮春时节。百花凋落无人怜惜，所有的美好都伴随着忧伤，这就给全诗定下了伤感的基调。南朝乐府民歌《西洲曲》中曾有诗道：“楼高望不见，尽日阑干头。阑干十二曲，垂手明如玉。”这是在写一个少妇思念她远行的爱人。戴叔伦在此化用这几句诗中的意象，写了一个于亭中倚阑的女子形象。一个“谁倚”的疑问，朦胧勾勒出倚阑人的形象。亭中那人是谁呢？她站在那里，也是在等着谁的归来吗？诗人没有给出回答。

他继续猜想着，那人此时眼中所见的应是和他一样的景致：“燕子不归春事晚，一汀烟雨杏花寒。”离巢的燕子尚未回来，可美好的春光就已要过去了。眼前烟雨弥散，天清气寒，未落尽的杏花也受到寒气的侵扰显得楚楚可怜。寒的只是花吗？还是也冷了倚阑人的心呢？试看春残花渐落，便是红颜老死时。花落一轮，红颜就衰老一轮，能等待的时间也就少了一轮，诗人没有再多写倚阑人心中的哀愁，只是凭借杏花烟雨的凄美意象，寄寓无尽的情思。

苏溪亭这个地方历史上无传，但就诗人诗中所描述的，或许它就是苏溪一间再普通不过的亭子。

清 改琦 仕女图

世上美景不胜枚举，有机会去泛览各地的山河胜迹当然是好的，但其实只要善于去捕捉去欣赏，很容易发现我们身边就有无数的美景。不经意间，就是一场与美邂逅的逍遥游。

关情事

此情可待成追忆，只是当时已惘然。

——李商隐《锦瑟》

情不知所起，一往而深，生者可以死，死可以生。生而不可与死，死而不可复生者，皆非情之至也。

情人遥怨夜，竟夕起相思

望月怀远 张九龄

海上生明月，天涯共此时。情人怨遥夜，竟夕起相思。

灭烛怜光满，披衣觉露滋。不堪盈手赠，还寝梦佳期。

苍茫大海上一轮明月初升，散落在天涯的所有亲友此时应该都望着这同一轮明月吧。远隔天涯的有情之人怨恨月夜漫长，彻夜不眠空惹相思。将屋中的烛火熄灭，怜爱这满屋月光，披衣起身在房内徘徊，深感夜露寒凉。无法将美好的月色用手捧给你，只盼望能在梦中与你相见。

这首诗的作者张九龄字子寿，韶州曲江人。景龙初年进士。唐玄宗时历任中书侍郎、同中书门下平章事、中书令，是唐朝有名的贤相，最后被李林甫馋毁而罢相。《望月怀远》是他在一个明月初升的夜晚思念远方亲人而写的诗。这首诗写得悠远绵长，将思念之情淡淡地寄托在字里行间，全诗没有什么波澜，就是在平静自然地抒发他的感怀，蕴满了温柔，微带着忧愁，没有一处特别的字眼，没有一分故意渲染的色彩，却于无意间形成了一种浑然天成的高华气象。

首联“海上生明月，天涯共此时”，这一句描写月色的诗句如今几乎人尽皆知。明月是中国传统中最特别的意象之一，它从很早以前就同思乡怀亲、闺阁愁思联系在一起。月升月落本是自然

清 改琦 执箫仕女图

界的规律，不带半点个人感情的，但因为中国特有的文化赋予，使得现在只要看见“月”这个字眼，就会觉得与思念有关。首句望月，次句“天涯共此时”就是怀远了。这句打破了时间的间隔，相亲相爱的人，纵使隔着天涯海角的距离，但只要还能共赏一轮明月，彼此就不会觉得自己是孤寂的。后来苏东坡在他的《水调歌头》中写“但愿人长久，千里共婵娟”，意思正是与此相同。“情人遥怨夜，竟夕起相思”，“竟夕”是通宵的意思，就是一整晚。这整晚的月色照得离人彻夜未眠，对月相思而久不能寐，他们会想些什么呢？遥望过去，还是放眼未来？但是片刻的遐思总是空想，他们终归还是要落回现实中来。长夜的寂静让他们把很多东西都看得很透彻，而有时候看得越透彻就越会觉得消极，所以彻夜的遐思后，所有的一切终落到一个“怨”字上来。

反正也睡不着，就索性起来吧。“灭烛怜光满，披衣觉露滋”，或许是觉得屋里的烛光太耀眼，把很多情绪都映照出来。于是熄灭烛火，披衣走出房门。更深露重，清凉的露水沾湿了身上的衣裳。这里的“滋”

字不仅有润湿的意思，更含有滋生不已的意思。滋生不已的，就是相思不眠的愁绪。

尾联两句构思奇巧，清新自然。相思不眠之际，总想着为对方做点什么，可什么都不能做，他所拥有的只有盈手的月光。“不堪盈手赠，还寝梦佳期”，越想越愁，还是不要自寻烦恼了。还是睡吧，不清醒的时候思念就不会这样熬人，甚至还能在魂梦中与你相遇。诗至此戛然而止，没有多余的话，只余下悠悠诉不尽的情思。

永结无情游，相期邈云汉

月下独酌 李白

花间一壶酒，独酌无相亲。
举杯邀明月，对影成三人。
月既不解饮，影徒随我身。
暂伴月将影，行乐须及春。
我歌月徘徊，我舞影零乱。
醒时相交欢，醉后各分散。
永结无情游，相期邈云汉。

在花丛间摆一壶酒，自斟自饮无友无亲。举杯仰头邀明月，加上自己的身影一共三人。明月无情自然不会饮酒，影子也只是伴随着我的身躯。我只好和他们暂时结成酒伴，要行乐就必须把美好的春光抓紧。我自吟歌月自徘徊，我自起舞影自零乱。清醒时能一起欢乐，酒醉后便当各自分散。我愿与他们永远结下无情的交游，相约在缥缈的银河之间。

每次读到这首诗的时候都会感应到一种莫名的感动扑面而来，这一刻胸腔里甚至连心跳都感应不到了，只余下一片不知道还有没有空气的世界。开篇“花间一壶酒，独酌无相亲”，勾勒出一幅自斟自酌的孤独画面。这世上仿佛就只剩下李白他一个人了，他独自坐在花园中，映着夜月的光辉，自斟自饮，最终陷入混沌迷醉中。“举杯邀明月，对影成三人”，李白用他天才般的想象力，将自己独行独坐的画面变为了与月亮和身影三个人的狂欢，这样的一幅画面，带着一种极强的宇宙感，像在暗示一个开始，又像是末日来临。此时此地此情此景，除了他以外，天地间再没有一个活物。除了月亮，但月亮是不会说话的，也不会发出声响，更不会打搅他饮酒。甚至在李白的一片醉眼迷蒙间，月亮还是唯一能陪着他的事物。又或者不是唯一的，能陪着他的还有月光穿过他的身躯时落下的影子。这是一种永恒的寂静和独立。头顶的月光，不远处的花圃，桌案上的美酒，桌旁有些落寞地独坐饮酒的人。这个场景中的一切，仿佛从一开始就是这样了，其实就是到千年后的如今也还是这样，现在的生活中人们也时常能从自己或者身边人那里看到类似的场景。可是月亮终究是不会说话的，更不要说“解饮”了。寂静的四周，仿佛只有影子在安静地陪伴着他。但李白也浑

宋 马远 举杯玩月图

似不在意似的。“暂伴月将影，行乐须及春”，他选择及时行乐，虽然实际上他真的很寂寞，却并不将寂寞作为他的选择，他依然潇洒地歌舞。“我歌月徘徊，我舞影零乱”，他在这里把自然中被动的事物都变作他个人主动的背景，随他歌，陪他舞。于是，这场他一个人的狂欢便收到了回应。所以说来倒去，他只有自己一个人，周遭的一切对他而言依然是无情的，所以他继续唱道：“永结无情游，相期邈云汉。”无情就无情吧，李白其人，连九五至尊都不放在眼里的，他才不会管外界对他有情无情，对他的评价是好是坏。

这首诗其实就是李白一个人的狂欢，这场狂欢不依附任何人，李白从来都是独立的，他和很多人交好，但他与其他人永远泾渭分明。李白身上最大的魅力就是这种永恒的独立。有人说“我辈岂是蓬蒿人”的狂放是李白，“抽刀断水水更流”的豪迈是李白。这些当然都是，但是，这首《月下独酌》中描绘的这个流水今日，明月前身的李白，他虽然在诗中是一个孤单落寞的形象，但却是与我们的内心靠得更近的李白。

浮云游子意，落日故人情

送友人 李白

青山横北郭，白水绕东城。此地一为别，孤蓬万里征。

浮云游子意，落日故人情。挥手自兹去，萧萧班马鸣。

班马：离群的马。

青山静静横卧在北边的城墙上，流水潺潺围绕着城池的东侧。我们在此地相互道别，随后便像孤蓬那样随风踏上万里征程。空中的浮云如游子一样东飘西荡行踪不定，远处的夕阳徐徐下落，似乎不愿骤然离开。挥挥手从此分离，即将分离的马儿们也禁不住萧萧长鸣，似乎不忍离去。

李白是性情中人，他相交满天下，对待朋友从来都是深情厚谊。人生如浮萍，聚散皆容易。李白朋友多，所以面对的离别也多，尽管他生性潇洒，但是面对离别也难免生出种种离情别绪来。李白写过许多送别诗，或许是因为离别时的心情不同，所以这些诗歌中往往呈现出不同的风貌，豪放的有，雄奇的有，直接的也有。但这一首《送友人》，则写得很恬淡，展现出一片诗情画意的浪漫氛围。

首句写他们在青山绿水中分离。“青山横北郭，白水绕东城”，青山慵懒地卧着，白水缠绵地绕着。而且一个“青”，一个“白”，色彩也显得很清新。他把眼前的山水写得很温柔，也极富灵性，其实就是为了烘托接下来的离别场景。颔联就开始直言离别的场景了，“此地一为别，孤蓬万里征”，这里用了一个比喻，离别之后的两人就要像蓬草一样随风流转，漂泊于万里之外了。一般来说，律诗的颔联和颈联都是要求对仗工整的，首联和尾联则不需要。但是这一句李白明显出离了这个规矩，他将首联的对仗写得很工整，颔联却不是这样，明显写得很顺畅，行云流水一般自然。结合他这句的意义来看，或许他就是想通过这样的形式，展现离人随风流转，身不由己的状态。但接下来的第三联李白又对得极工。“浮云游子意，落日故人情”，天空中的浮云象征着友人今后的从流飘荡，任意东西；而夕阳西下的苍茫光景，落日迟迟不愿离开大地的情状，又能极好地烘托出诗人的离情别绪。

元 赵原 晴川送客图

送君千里，终须一别，再难舍也终有离别的一刻。“挥手自兹去，萧萧班马鸣”，挥手是离别的标志性动作，挥手过后就面临着分离。他没有再多言其他因离别而起的痛苦，而是用班马萧萧的鸣叫来为自己和友人代言。当人情动于衷的时候，往往会有迫切想将情感诉说出来的渴望，从而冒出许多从前想不到的语词，在这幅班马长鸣的画面里，“班”字在这里尤其值得注意，班马是指离群的马，在这里李白用它喻指将要离别的人，这幅画面光想起来就觉得情韵生动，这是李白自己的创造。

和“桃花潭水深千尺，不及汪伦送我情”(《赠汪伦》)那种极尽夸张的比喻不同，这首诗写得清新别致，恍如一画。画面中的青山碧水，白云红日，班马长鸣，皆流淌出李白诗歌中常见的生机。还有诗中折射出的李白的情感世界，虽然面临着离别的伤感，但依然带有明朗豁达、真挚乐观的气韵。

三夜频梦君，情亲见君意

梦李白二首·其二 杜甫

浮云终日行，游子久不至。
三夜频梦君，情亲见君意。
告归常局促，苦道来不易。
江湖多风波，舟楫恐失坠。
出门搔白首，若负平生志。
冠盖满京华，斯人独憔悴！
孰云网恢恢？将老身反累！
千秋万岁名，寂寞身后事。

空中浮云终日飘来荡去，远方游子为何久久不至。一连三夜频繁梦见你的音容，情真意切看出你待我的情义。梦中你总是惴惴不安，凄苦地诉说未来艰险不易。你说江湖中多有风波险阻，总担心自己会如船只一般失事翻覆。你出门时伸手搔弄满头白发，如同辜负了自己平生壮志。京城之中达官贵人冠盖熙攘，唯有你却落得这般憔悴。谁说天网恢恢疏而不漏，为何你将老之际却反而被株连受罪？你的诗名自千秋万代流传不息，无奈你生前却这般悲凉孤寂。

乾元元年（758 年），李白因参与永王李璘的幕府受到牵连而被判流放夜郎，次年遇赦放还。一直以来，杜甫对李白都怀有深厚的情谊，他仰慕李白神仙般的风采，更佩服他天才式的才华。写这首诗的时候杜甫正在北地的秦州，这地方地处偏僻，消息闭塞，他只知李白被流放，却不知他已遇赦放还。杜甫十分忧心李白的境遇，日有所思夜有所梦，那段时间他会频频在梦中见到李白，于是写成这两首诗。而这个时候，二人已经十三年未曾见面。

两首诗中的第一首写的是诗人初次梦见李白的情境，以“死别已吞声，生别常恻恻”的阴沉开篇，以“水深波浪阔，无使蛟龙得”的悲怆收束，极写他在得知李白获罪流放后内心的痛苦。而在此之后连续几晚，他又接连梦到李白，于是他写下了第二首。

开篇化用李白“浮云游子意”（《送友人》）诗意，浮

明 谢时臣 蜀道难

云近日仍能见，可当日作诗的游子却已不知行踪何处。杜甫安慰自己，他对自己到底怀着深情厚谊，所以才频频入梦，能让他得见。这纯属是诗人的臆测，因为自己深切怀念着对方，所以很容易便想象出对方怀念自己的样子。之后的三联都是在描摹梦中李白的幻影，即便是幻影也很清晰，他局促的样貌，仓皇的声音，落寞的行为，历历皆在眼前。这样的幻象让杜甫痛心疾首，其实他自己此时又何尝不是深陷在贫病的泥沼中。人常常会像这样，在面对自己的苦难时往往还可忍受，但如果相同的事发生在自己心系之人的身上，便会不由自主地将那些苦难放大。杜甫难以想象像获罪、流放，甚至更加严重的疾病以及死亡发生在李白身上。曾经天之骄子一样的人物，此刻却身陷泥沼毫无挣扎之力，杜甫不知道李白面对这一切的时候心中是何感想，是否会有怨恨和不平。而在他心中，这绝不是李白该有的结局。所以他怒恨难抑地继续写道："冠盖满京华，斯人独憔悴！孰云网恢恢？将老身反累！"长安有那么多逍遥跋扈的权贵，为什么就偏偏容不下一个李白！其间的不满不甘不忿不平不信呼之欲出。杜甫真是在为一个牵动他灵魂的人写诗，在杜甫现存的诗作中，和李白相关的诗作多达二十多首，每一首都写得情真意切，尤其后期为怀念李白担忧李白而作的几首，真可谓字字泣血，隔着千年的时光回看，还是能深切感觉到杜甫待李白的浓烈情谊。

但其实李白和杜甫之间的友谊是不对等的，李白对待杜甫的感情远不及杜甫对他的真挚浓厚。李白长杜甫十余岁，或许他在面对杜甫的时候，更多的只是将他看作一个真诚钦慕自己诗文的小友。李白现存诗作中，关于杜甫的仅有四首，其中还有带着明显敷衍意味的篇目，这同李白的性格是有关系的。李白的感情如汪洋之水，来得快去得更快。他一生爱好游览山水，每走到一处都能找到知己好友陪他饮酒玩乐，他喜欢的是这种“风流天下闻”(《赠孟浩然》)的人生态度。他从来随性不羁，不受世俗理性的束缚。他不是杜甫那样笃定忠贞的人，甚至在他看来，这样的人或许有些无趣和愚笨。比起杜甫，他可能更喜欢谢朓、孟浩然之类的人。他学不会衡量别人的付出然后给予相应的回报，他是一个连家都留他不住的人。这些杜甫或许都明白，但他不在意。他知道李白是一个超凡脱俗的人，就连唐玄宗对此人都持着不可杀不可用不可近不可远的态度。杜甫从心底爱惜如此人才，他认为这种人不该被俗世所牵累。“千秋万岁名，寂寞身后事”，这是杜甫对李白其人其文的崇高评价，而奇妙的是，诗中似乎也预示了杜甫自己的宿命。杜甫的诗作受到广泛重视是在宋代以后，他在当代远没有李白那么高的诗名和地位。或许杜甫自己都没有想到，他竟会成为中国文学史上唯一能与李白并驾齐驱的诗人。

若学多情寻往事，人间何处不伤神

和友人洛中春感 白居易

莫悲金谷园中月，莫叹天津桥上春。
若学多情寻往事，人间何处不伤神。

莫要悲叹金谷园月下的往事，不要叹息天津桥上流逝的春光。若总是如此多情地回望过往的事，那么人间便会有太多事能让人为之伤神。

这是一首写在某个洛阳春日的感怀诗。此诗显然不是白居易所主张的讽喻时事的作品，它只是诗人在受到某些触动后发出的感怀。但它仍然是白居易一贯的诗歌风格，言辞清新流丽，没有什么看不明白的字句。不过却很容易从字里行间窥见白居易在作这诗时的心路，他想忘记从前的很多事，他不想再为任何繁华与没落的交替而费心伤神。从这样的心态看，这首诗应该作于他晚年时期。

诗作前两句写了金谷园和天津桥两个带有典故的洛阳地名。金谷园是西晋富豪石崇的私家别墅，石崇将之修建得金碧辉煌恍如宫殿，整日于其中寻欢作乐，过着奢靡的生活。后来石崇失事被杀，金谷园也渐遭荒废。天津桥是隋唐时洛阳城中连接洛河两岸的桥梁，“天津”意思是天上的港湾。此桥初建于隋炀帝时期，建成后十二年毁于战乱，后又于唐玄宗时复建，繁华一时，后也渐渐没落。昔盛今衰自然会令人悲叹，这是人之常情，但白居易在这里却反其道而行，一上来就通过这两处地方告诫人们，不要去怀缅已逝的辉煌，更无须为它们如今的没落伤感。看似无情的话语，其实很难做到。可是他接下来对他这样的言辞做出了解释："若学多情寻往事，人间何处不伤神。"他这很像是站在一个过尽千帆阅遍世事的立场上告诫人们，过去的事就应该让它过去，不要回头看，否则到头来会发现，人世之苍茫，过往之悠远，竟没有一个能令人心

清 袁耀 蓬莱仙境图

怀稍慰的地方。他这是在叫人“莫学多情”，也就是让人无情。看着是一种宽容的劝解，但细看下来，其中还是有隐隐约约的消极透出来。不想回头，其实就是对自己过往的否定了。

回看白居易大起大落的一生，曾经和元稹一起发起“新乐府运动”的他，曾经创作过无数讽喻时弊的作品的他，他曾那样热忱地为他所见的不平之事而悲叹，渴望“兼济天下”。而在被贬为江州司马后，他渐渐松懈了自己的坚持，向“独善其身”转变。晚年安于恬淡的他或许也会偶尔想起曾经的自己，但他也只是想想，而不愿沉溺于过往之中。

多情却似总无情，唯觉樽前笑不成

赠别二首·其二 **杜牧**

多情却似总无情，唯觉樽前笑不成。

蜡烛有心还惜别，替人垂泪到天明。

分明是多情之人，离别时却总似无情。酒筵之上原想强颜欢笑，却连一丝笑容都挤不出来。案头蜡烛有芯也似依依惜别，替离人流泪直到天明。

杜牧风流，年轻时又因仕途不得志，过了十年放浪形骸的生活。他自己曾在另一首诗中说："落魄江湖载酒行，楚腰纤细掌中轻。十年一觉扬州梦，赢得青楼薄幸名。"(《遣怀》)这首诗就是写他和一个喜欢的歌女离别之前的心情。

古时候离别是一件很重的事，空间的阻隔，通讯的不便，加上战争疾病等意外的发生，许多人自离别的那天起可能就再会无期。因为知道这种后果，所以在许多别离诗中，悲伤总是如影随形。但杜牧这首诗却是反其道而行，他没有用什么悲苦的字眼，甚至还有"笑"。即便有泪，那也是蜡烛替人流的。很新鲜，很别致，也很真诚地道出了离别的感情。

"多情却似总无情"，什么样是多情？情意缱绻长话绵绵应该算了。什么样又是无情？漠然相对清冷无言也应该是了。杜牧用一个"似"字，将这看似南辕北辙的两种状态联系起来，离别所带来的影响竟是如此强烈，竟能在一瞬之间完成多情人至无情人的转变。而这恰是情人离别时最真实的感受。越是缠绵便越是难舍，越是难舍便越不想分开。所以，与其那样彼此为难，倒不如做出冷静的样子，仿佛这样就能减少些痛苦，毕竟在一起的时间，已是过一刻就少一刻了。所以他想“欢别”，想用宴饮达旦的喧嚣冲淡离情的惨淡。但是当真在席间的时刻，却发现离别的阴云竟然一刻也不能逃开。在这样的时刻，人的头脑都恍然是麻木空洞的，可能连记忆在这种情况下都是停滞的，杜牧只能“唯觉樽前笑不成”。他多想快乐地度过这最后的幸福光景，可事与愿违，就连强颜欢笑，都是做不到的。

可能是心中的痛苦已经再难抑制，使得杜牧不愿再面对自己，而是转而让别的事物替他代言。他怀着离别的凄怆看周围的景物，就连蜡烛都染上了离别的伤感之色。蜡烛虽然有芯，却实是

清 王翚 青溪送别图

无情之物。可是他在这里却宁愿将之拟人化,“蜡烛有心还惜别,替人垂泪到天明”,他先将有情之人写得无情,又将无情之物写得有情,说来道去,但离别之痛却总是难以摆脱,早已烙印在他的心上。

此情可待成追忆，只是当时已惘然

锦 瑟 李商隐

锦瑟无端五十弦，一弦一柱思华年。
庄生晓梦迷蝴蝶，望帝春心托杜鹃。
沧海月明珠有泪，蓝田日暖玉生烟。
此情可待成追忆，只是当时已惘然。

为何锦瑟平白无故竟有五十条弦？每一弦每一柱都令人思念已逝的芳年。我时而如庄子因蝴蝶晓梦而迷惘；时而如望帝借杜鹃啼血寄托哀怨。沧海月明，鲛泪粒粒成珠；蓝田日暖，良玉邈邈生烟。如此情怀岂是于今才开始追忆，早在当时便已不胜惘然。

这首《锦瑟》是李商隐最负盛名的作品，同时也是他最难理解的一首诗。诗名叫《锦瑟》，但并不是咏物诗，只是用全诗首两字来命名，所以这其实还是一首带有李商隐强烈个人特色的“无题”诗，诗中抒发的还是他个人说不清道不明的情感。这首诗约作于作者晚年，李商隐的一生波折坎坷，少年英才遭人嫉妒，又卷入党争中屡遭排斥，又逢中年丧妻，更致晚景凄凉。晚年的李商隐实在有太多需要抒发的情思了，情感本来就很难说清，更何况他心中新愁旧怨盘根错节，有时的确难以给其时心中无以名状的情感一个准确的总结，所以“无题”。

和他别的无题诗不同的是，这首诗还是和锦瑟相关的。诗人在首联中将自己无名的幽怨倾泻到无辜的锦瑟身上。“锦瑟无端五十弦”，“无端”就是无缘无故的意思，诗人这是在问无知无觉的锦瑟，你凭什么无缘无故地就有五十根弦？他当然知道自己此问得不到任何的回答，他只是在借此抒发自己数不尽的愁绪。愁如丝缕，他自己数不清，便想交由锦瑟来替他数。五十根弦，“一弦一柱”都在思念过去的华年。那是一段怎样的光阴呢？作者没有写明，但却可以通过他所用的比喻猜想出来。锦瑟华贵美丽，音节繁复纷乱，他用这样的乐器来比喻过往，不难想象出诗人记忆中难忘的盛景。

接下来诗人用了两个典故来承接诗意，“庄生晓梦迷蝴蝶，望帝春心托杜鹃”。上句是《庄子》中的一则寓言，是说庄周于梦中梦见自己化身为蝶，梦醒恍惚间竟不知是自己变成了蝴蝶，还是蝴蝶变成了自己。下句是写上古时期蜀地的君主杜宇，他后来禅位退隐，不幸国亡身死，死后魂化为鸟，暮春啼苦，至于口中流血，其声哀怨凄悲，动人肺腑，名为杜鹃。李商隐用这两个典故，先写了迷，后写了痛。他或许是在迷惘自己这些年究竟是如何一步一步走到如今，又因自己竟走到如今这样一无所有的境地而后悔。人世间的悲苦臻

明 陈洪绶 对镜仕女图

于极致，泪水或许都显得苍白。于是他便开始找别的东西来替他流泪，于是，便有了“沧海月明珠有泪”。古时有鲛人泣珠的传说，这传说很神异，同时也带有感伤的色彩。明月之下，沧海之中，这珍珠竟是人鱼凭泪化来。李商隐为什么要写出这样凄美的传说呢？他的寸心之间，到底存蓄了多少悲伤？谁都不知道。他紧接着又描摹出一个更加朦胧的画面，“蓝田日暖玉生烟”。太阳的明光照耀下，蓝田美玉生出似有若无的光彩，可以远望，却难以从近处捕捉。这就如同过往，想起来仿佛历历都在眼前，但当人想要伸手去捕捉的时候，就会发现早已相隔千山。

尾联收束全篇，终于提及个人的情感，只不过“此情可待成追忆，只是当时已惘然”，想起那些过往，当时都已令人无限唏嘘，又何况现在？晚景凄清的李商隐，现实的冰凉令他忍不住追忆自己的过去，可是不料就连往事都不愿放过他，梦里梦外，皆是一片惘然。

深知身在情长在，怅望江头江水声

暮秋独游曲江 李商隐

荷叶生时春恨生，荷叶枯时秋恨成。

深知身在情长在，怅望江头江水声。

荷叶生时春恨已生，荷叶枯时秋恨又成。只要活着一日，情意便留存一日，就像这曲江里流不尽的江水一样。

李商隐一生处于牛李党争的夹缝中，一直郁郁不得志。但他的生命也不是全然暗淡，他娶了一位十分秀丽贤淑的妻子王氏。王氏出身富贵之家，却从没有介意李商隐仕途坎坷。尽管李商隐为了生计必须要常常各地奔波，但深爱他的王氏对此从无怨言，只是宁静温柔地体恤、帮扶丈夫，夫妻二人感情甚笃。他们成婚十二年后，王氏于唐宣宗大中五年（851年）病故于长安。之后李商隐为了生计奔赴东川，六年后才得以回到长安，这首诗应该是他回到长安后秋暮独游曲江，面对物是人非，触景伤情之作。

此诗开篇即言恨，“荷叶生时春恨生，荷叶枯时秋恨成”，两句中有四字重复，这是李商隐所喜欢用的技法，他在他的名篇《夜雨寄北》中也用过类似的吟诵方式，“巴山夜雨涨秋池”和“却话巴山夜雨时”两句，也重复用了“巴山夜雨”四字。这种重复带给人一种穿越时空的感觉，《夜雨寄北》是从下雨的现在穿越到回忆下雨时的将来。而这首《暮秋独游曲江》，则是从荷叶初生日穿越到荷叶枯落时，时序从春到秋，荷叶由荣变枯，所有的一切都在变化，没有变的唯独满腔的憾恨。恨从何来呢？为一直抑郁不得志，还是为经年的漂泊？这些憾恨无疑也是存在于李商隐心中的，但这些在与爱人的生死相隔面前就变得什么都不是了。失去爱人的伤痛不可估量，诗人春也恨，夏也恨，秋也恨，冬也恨，相思愁苦，绵绵无绝。

清 唐艾 荷花图

接下来李商隐直言其情，“深知身在情长在”，尽管阴阳两隔，但只要他孱弱的身躯还在这世上存在一天，他对爱人的感情就仍会存在一天，他于此表露出的这种至死方休的执着，与他在《无题》诗中写过的“春蚕到死丝方尽，蜡炬成灰泪始干”何其相似！李商隐的诗歌，与其说是用笔墨写下的，不如说是用他的深情写下的。深情是李商隐的特质，是烙印在他骨子里支撑他性命的东西。然而有的深情，却是在失去后才愈发凸显出来。

全诗只有四句，前三句都是在

直接言情说恨，而在结语处却收了起来，直写眼前的景色。“怅望江头江水声”，他不是在听江水声，而是在望江水声，他不是在使用通感的修辞，而是在刻意混淆听觉与视觉的界限，以凸显此刻深入骨髓的痛苦和茫然。他不知道自己的前路在哪里，更不知道还有谁能陪自己走下去。江水东逝，逝者如斯，不知在这个时刻，他饱经沧桑的心能否求得片刻的释然。

花若有情还怅望，水应无事莫潺湲

李羽处士故里　　温庭筠

柳不成丝草带烟，海槎东去鹤归天。
愁肠断处春何限，病眼开时月正圆。
花若有情还怅望，水应无事莫潺湲。
终知此恨销难尽，辜负南华第一篇。

海槎(chá)：晋张华《博物志》卷三载，相传天河通海，有居海渚者见每年八月海上有木筏来，因登木筏直达天河，见到牛郎织女。后因以“泛槎”指乘木筏登天。

南华：《庄子》又名《南华经》。“南华第一篇”即《逍遥游》篇。

柳丝已成叶，草色亦含烟，竹筏沿东海而去，仙鹤也已回归仙界。愁肠断绝处春色亦将消逝，病眼将开时却见月色正圆。花草如若有情，为何怅然遥望？流水如若无事，可否不再继续流淌。最终还是知道这种憾恨是无法消除的，徒然辜负一直追求的物我两忘的境界。

这首诗的作者温庭筠字飞卿，太原祁县人，出身于没落贵族，是晚唐时期著名诗人、词人。他天资聪颖，富有文才，却恃才傲物，喜欢讥刺权贵，所以遭人嫉妒，一直考不中进士，终生不得志，只担任过随县和方城县尉等小官，官至国子监助教。他工于作诗，辞藻华丽，形式精致，内容多写闺情艳景，因诗风与李商隐类似而与之并称“温李”。他对中国文学最大贡献在于词，在这方面，他的艺术成就在晚唐诸词人之上，被尊为“花间派”鼻祖，由是他的诗歌多少也带有花间词婉约香软的特点。

这首诗通篇看下来，很容易就会觉得这像是一首绘景的诗，因为里面人的痕迹实在很淡。前三联中先后写了柳树、碧草、竹筏、仙鹤、明月、繁花、流水等物象，都是暮春的景物。柳树已不是初春的新芽，碧草也已如茵，远看已能明显看出一层青青的草色。春光流逝，青春也流逝，柳不成丝，年少的时光也不会回来，这里就有一种青春消逝的感叹。被时光抛却还不够，作者再继续写道："海槎东去鹤归天"。海槎是一种用竹木编织的渡海的筏。海槎东去，仙鹤也飞走了，好像就是在说，诗人此刻已经被放弃了，只剩下他一个人了。"愁肠断处春何限，病眼开时月正圆"，在这里诗人就是在表达一种被放弃的失落与难过。可就是失落和难过也是朦朦胧胧的，他不肯直面，于是只得将无知的落花和流水拉出来替他言愁。直到最后一联才终于回到正题上来，"终知此恨销难尽"，他总算肯直面自己心头的怅恨，承认自己"辜负南华第一篇"。这里的"南华"是指《南华经》，也就是《庄子》，《庄子》第一篇是《逍遥游》，全篇旨在追求一种绝对自由、物我两忘的精神境界。温庭筠在此直言自己辜负，说明他在此兜兜转转地排解了半天，可有些东西终究还是放不下。

含情咫尺千里，况听家家远砧

隔汉江寄子安 鱼玄机

江南江北愁望，相思相忆空吟。

鸳鸯暖卧沙浦，鸂鶒闲飞橘林。

烟里歌声隐隐，渡头月色沉沉。

含情咫尺千里，况听家家远砧。

鸂鶒(xī chì)，亦作"鸂鶆"。水鸟名，形大于鸳鸯，多紫色，好并游，俗称紫鸳鸯。

江南江北的两个人，尽日含愁与对岸相望。痴痴相思相忆，即便吟诵也无法稍解相思。鸳鸯在暖滩上成双睡卧，鸂鶒在橘林中成对闲飞。烟波上传来隐隐歌声，渡头只见月色深沉。两人虽然相隔千里，心却在咫尺之间。此刻听闻家家户户的捣衣之声，更加撩动了相思之情。

这是女诗人鱼玄机的一首六言闺怨诗，写于她十六岁的秋天，那时她已经在温庭筠的撮合下嫁给李亿做妾，子安就是李亿的字。那时她还没有被送去当女道士，她还叫鱼幼薇。初婚的鱼幼薇对李亿一片痴情，两人在一起美满地生活了三个多月。之后李亿回江陵接夫人裴氏，鱼幼薇按捺不住去江陵寻亲。在汉江两岸，她思绪万千，写下《春情寄子安》《寄李子安》《隔汉江寄子安》等诗作抒发相思之意，几首诗都写得缠绵悱恻，凄婉动人。

首联写被分隔异地的两人相互愁望，各苦相思。"江南江北愁望，相思相忆空吟"，"江南江北"是鱼幼薇和李亿当时被分离的现实，“愁望”则是鱼幼薇自己的想象。“定知灯下君思我，只为风前我忆君。”（郁达夫诗）她思念着李亿，便猜想李亿也在思念着她。其实她自己或许也明白这只是她自己的痴望，彼时李亿正同自己久别重逢的妻子在一起，或许是在互诉衷肠，或许是在赔着小心解释自己纳妾的缘由。不管怎样，他或许早已无暇思念鱼幼薇了。但鱼幼薇不愿想这些，她回忆他们俩一起度过的时光，吟诵她曾经为他写下的诗句，试图通过这种方式一慰相思。但她最终还是颓然地发现一切都没有用，她所做的这些努力，只是让相思之火更炽。“空吟”二字说明了诗人的失落，也说明她知道这一切都是徒劳。而之后发生在她身上的事竟证明了这一切果然是徒劳之上的徒劳，被正妻不容，被丈夫休弃，可能连她自己都

明 刘珏 烟水微茫图

没想到自己的命运竟早被自己在诗中一语成谶。

颔联“鸳鸯暖卧沙浦,鸂鶒闲飞橘林”,写的是一对鸳鸯美滋滋地在沙浦享受温情,一对鸂鶒悠闲地飞游于橘林的景象。这些未必是她真实看到的景物,可能只是心之所想,眼前便出现了幻觉。她羡慕这些成双成对的候鸟,她渴望自己和丈夫也能像它们一样朝夕相对。

“烟里歌声隐隐,渡头月色沉沉”,这是在写她等待丈夫归来时目之所及的景物。烟波里传来隐隐的歌声,或许那只不过是普通的民歌,但在此时的鱼幼微耳中,也能听出缠绵难舍的意味。甚至她希望这能是一首相思之歌,能替她道出她说不出的心事,传到江的那边,传给李亿听。她一直都在等,明知李亿不会来,明知他此时在妻子身边,可是她就是控制不了自己,她一直在等。从朝阳初起,一直等到夜晚月色深沉时,她枯坐了又一天,可她还是什么都没等来。

“含情咫尺千里,况听家家远砧。”尾联缠绵地表达她的痴情和失落。虽然两人远隔千里,她看不到他的样子,听不见他的声音,但因为自己强烈的感情,她仍觉得两人贴得很近。天涯咫尺,咫尺天涯,空间的阻隔不能隔绝思念,因为没有人能逃离自己的心。所以无论她看到什么听到什么,都会将其和李亿关联起来。“家家”二字,看似平常之句,实则肠断之语。人人都有家,家家都有一生一世一双人,都有一个给丈夫做棉衣的妻子。此时此地,千家万户的捣衣声此起彼伏,虽然距离隔得很远,但是仍然声声都在敲打着鱼幼微的心。她也很想为李亿做棉衣,但她不知道自己是不是有这个资格,因为她只是他的妾,不是他的妻。

鱼幼薇的一生无疑是值得悲叹的，作为一个女子，她原本也渴望为一人从一而终，白头偕老。所以后来即便遭受李亿正妻的虐待，她也忍辱吞声。她无非是渴望能以自己个人的委屈，换得和心上人长相厮守。可一退再退之后，她终究还是没能得到自己想要的东西，还是没有逃脱被休弃的结局。他将她送到道观，许诺她三年之后定有重逢之期。但当约期将至的时候，她等来的却是李亿携妻下扬州赴任的消息。从那一刻起，世上再无鱼幼微，就只剩下咸宜观中那个风流冶艳的女道士鱼玄机。

老去不知花有态，乱来唯觉酒多情

与东吴生相遇 韦庄

十年身事各如萍，白首相逢泪满缨。
老去不知花有态，乱来唯觉酒多情。
贫疑陋巷春偏少，贵想豪家月最明。
且对一尊开口笑，未衰应见泰阶平。

泰阶：古星座名，即三台。上台、中台、下台共六星，两两并排而斜上，如阶梯，故名。后多以此指代朝廷。

十年来各自皆如浮萍般飘零，到如今白头重逢忍不住泪落冠缨。年老后便失去了赏花的心情，早不识花木姿态的美丽，历经离乱看淡了人世能暖，只觉得世上唯有酒才是多情的。因为自己的贫穷，所以总觉得陋巷中似乎连春光都比别处要少，而那些朱门豪宅中的月光定是最明亮的。不愿再理会前事，今朝有酒今朝姑且一笑吧，在衰老之前，不知道还能不能看到朝廷中兴天下太平。

这首诗的作者韦庄字端己，长安杜陵人，是诗人韦应物的四代孙。唐昭宗乾宁元年（894 年），年近 60 的韦庄始登进士第，先后任校书郎、左补阙等职。唐亡后力劝王建称帝，王建建立前蜀，任命他为宰相，其后终身仕蜀。他的诗词都好，尤工于词，与温庭筠同为“花间派”代表作家。他的诗歌多以离愁别绪、感时伤怀为内容，情深意婉，含蕴不尽。这首《与东吴生相遇》是韦庄考中进士之后所作，他从唐僖宗中和三年（883 年）起流落江南，到他中进士回到长安，中间已隔了十二年。

此诗首联便直抒身世之悲，“十年身事各如萍，白首相逢泪满缨”。十年战乱，流离江南，韦庄用身如浮萍来比喻自己十年的漂泊。更兼一个“各”字，道出国难当头，身不由己，这种无奈是天下人所共有的。即便他如今已经进士及第，从今以后似乎再不用劳碌风尘。但是又有什么用呢？最好的年华已离他远去，今时今日，他已经是快六十岁的人了，头发都要百透了。“白首相逢泪满缨”，泪满冠缨，这是忍不住在可怜，可怜对方，更是可怜自己。

悲苦之情一旦宣泄出来，再想收也收不住了。“老去不知花有态，乱来唯觉酒多情”，他到底经历过什么事，才会作出这等酸涩至极之语？花木当然不知人间恨，兀自明媚地盛放着。而当年的赏花人，此刻却再也没有了赏花的心境。已经活到这个岁数，已经被种种苦难折磨到这个岁数，无论什么，诗人都看淡都麻木了，都浑不在意了。而能帮助麻痹思绪的酒却与诗人亲近起来，“唯觉”二字颤人心肺，除了酒以外，世上竟再没有什么东西是于他有情的了。

究竟是什么使他变得这样消极？诗人紧接着做出了解答：“贫疑陋巷春偏少，贵想豪家月最明。”身处于乱世之中，种种不平事都被无限地放大。“贫”与“贵”、“陋巷”与“豪家”的强烈对比。

明 徐贲 峰下醉吟图

陋巷冻死骨，朱门酒肉臭。世胄盘踞高位，有才之士沉于下僚。诗人看透了这些不平，更恨透了这些不平。可人微言轻的他什么都不能改变。从前不能，如今他年岁已老，就更加不能了。但年老也有年老的好处，俗世种种，人生几何，总能找到方法为自己排遣。按照常理诗意进行到此，接下来便该吐出更为愤懑之语了，却不想韦庄就此将所有的负面情绪都强压住，转而强颜欢笑："且对一尊开口笑，未衰应见泰阶平。"就这样吧，所有过去的都让它过去，最起码他们现在还都活着，这已经是最好的事了。且惜这将朽之身，或许有一天，他还能看见唐王朝的天下又恢复海晏河清。可是，这个心愿他最终都未能实现。

多情只有春庭月，犹为离人照落花

寄 人 张泌

别梦依依到谢家，小廊回合曲阑斜。

多情只有春庭月，犹为离人照落花。

谢家：唐李德裕有妾名谢秋娘，以华屋贮之，眷之甚隆。这里“谢家”代指作者所思念的女子的闺房。

别梦中又一次来到了心系之人的家中，看见回廊幽深婉转栏杆倾斜。多情的唯有春庭之上的皎皎明月，仍为离别之人照着庭院落花。

这首诗的作者张泌是唐末诗人、词人，南阳郡人，曾登进士第。唐亡前，他一直活动在湖湘桂一带，做了许多诗词描摹此间风物，风格流丽细腻。唐亡后，张泌下落不详。相传他早年曾爱上一个女子，离散后始终没能对她忘情。或许是封建礼教的阻碍，又或者是性格使然，他始终未能倾诉衷肠，只是借写诗曲折而隐约地表达情意。这也许就是这首《寄人》诗的由来。

古人表情多含蓄，常常通过诗来抒发自己的心意。信最终总是要寄给别人的，所以张泌此诗便干脆以《寄人》为题。这首诗开篇叙述了一个梦境，“谢家”是指他所恋慕的女子的家，自从东晋咏絮才女谢道韫名扬天下后，历代便以谢姓来代指女子。或许这已经不是诗人在别后第一次梦见他喜欢的女子了，只不过这一次在梦中却没有以往的好运气，他并没有见到她。见不到心上人，这次前来便没有了理由。于是，梦中的他茫然无所依傍，只得像一抹幽魂一样东飘西荡，徘徊在当年跟她一起辗转徘徊过的回廊曲栏。景物依旧，却无处得觅芳踪，睹物思人，诗人无疑更加惆怅失落。

但总还是要抓住些什么的，好在这个时候，明月的清光落了下来。正当失落的诗人一下子被这月光映照出几分欢喜，悠然叹道：“多情只有春庭月，犹为离人照落花。”明月有情，折射出的正是人的无情。如果人亦有情，她为何又不肯出来相见呢？这场梦做到这里，或许诗人已经因巨大的空茫和失落而从睡梦中醒来了。梦里的明月照到梦外来，可是梦中寻不得的人，梦外仍是不见踪迹。

张泌作这首诗是为了写情，但他通篇却没有直言自己对对方的任何感情。他只写了梦，写了回廊，写了曲阑，写了明月和落花。他不直接言情，即便有一个“情”字，也叫他寄在明月身上了。但他深入肺腑的情思，却早已浸透了诗里诗外。

长安忆

昔在长安醉花柳，五侯七贵同杯酒。

——李白《流夜郎赠辛判官》

长安，丝绸之路的起点，一座享誉千年的城池。中国历史上先后有十三个王朝在此经历了兴衰更迭。在建都于此的诸多朝代中，有如秦、汉、唐等都是中国历史上的强盛时代。在相当长的时间里，长安都是世界上最大的都市，引得八方欣羡，万国朝拜。

秦中自古帝王州

由于唐朝国力的强盛,及至盛唐,国都长安已经成为当时世界上规模最大的城市。直到如今,西安还比较完整地保留了明代建造的环绕四方的城墙。然而,当年唐长安城的面积,却是如今城墙内面积的近十倍,其规模之大可想而知。

一个盛世的繁华总是最集中地汇聚在它的国都之中。唐长安城,十里长街,衣香鬓影,雍容华贵,包罗万象。它是民族的骄傲,也是唐代每一个诗人的渴望。他们在这里倾洒了自己的青春和才情,他们将对这座城池的热望和眷恋融入了他们的诗歌中。尽管唐长安城经过后世战火的洗礼已不复当年,可我们仍能从遗留的诗篇中,觅得它们昔日的模样。

长安古意 卢照邻

长安大道连狭斜,青牛白马七香车。
玉辇纵横过主第,金鞭络绎向侯家。
龙衔宝盖承朝日,凤吐流苏带晚霞。
百尺游丝争绕树,一群娇鸟共啼花。
游蜂戏蝶千门侧,碧树银台万种色。
复道交窗作合欢,双阙连甍垂凤翼。
梁家画阁中天起,汉帝金茎云外直。
楼前相望不相知,陌上相逢讵相识?

甍(méng):屋脊。

梁家:指东汉外戚梁冀家。梁冀为顺帝梁皇后兄,以豪奢著名,曾在洛阳大兴土木,建造第宅。

金茎:铜柱。汉武帝刘彻于建章宫内立铜柱,高二十丈,上置铜盘,名仙人掌,以承露水。

借问吹箫向紫烟，曾经学舞度芳年。
得成比目何辞死，愿作鸳鸯不羡仙。
比目鸳鸯真可羡，双去双来君不见？
生憎帐额绣孤鸾，好取门帘帖双燕。
双燕双飞绕画梁，罗帷翠被郁金香。
片片行云着蝉鬓，纤纤初月上鸦黄。
鸦黄粉白车中出，含娇含态情非一。
妖童宝马铁连钱，娼妇盘龙金屈膝。
御史府中乌夜啼，廷尉门前雀欲栖。
隐隐朱城临玉道，遥遥翠幰没金堤。
挟弹飞鹰杜陵北，探丸借客渭桥西。
俱邀侠客芙蓉剑，共宿娼家桃李蹊。
娼家日暮紫罗裙，清歌一啭口氛氲。
北堂夜夜人如月，南陌朝朝骑似云。
南陌北堂连北里，五剧三条控三市。
弱柳青槐拂地垂，佳气红尘暗天起。
汉代金吾千骑来，翡翠屠苏鹦鹉杯。
罗襦宝带为君解，燕歌赵舞为君开。
别有豪华称将相，转日回天不相让。
意气由来排灌夫，专权判不容萧相。
专权意气本豪雄，青虬紫燕坐春风。
自言歌舞长千载，自谓骄奢凌五公。
节物风光不相待，桑田碧海须臾改。
昔时金阶白玉堂，即今惟见青松在。

妖童：泛指浮华轻薄子弟。
铁连钱：指马的毛色青而斑驳，有连环的钱状花纹。
盘龙：钗名，此指金屈膝上的雕纹。
屈膝：铰链。用于屏风、窗、门、橱柜等物，这里是指车门上的铰链。
翠幰（xiǎn）：妇女车上镶有翡翠的帷幕。
芙蓉剑：古剑名，春秋时越国所铸。这里泛指宝剑。
金吾：即执金吾，汉代禁卫军官衔。此泛指禁军军官。
屠苏：美酒名。
灌夫：字仲孺，汉武帝时名将，勇猛任侠，好使酒骂座。
萧相：指萧望之，字长倩，汉宣帝朝为御史大夫、太子太傅。
青虬、紫燕：均为骏马名。
五公：指张汤、杜周、萧望之、冯奉世、史丹五人，皆为汉代权贵。

寂寂寥寥扬子居，年年岁岁一床书。
独有南山桂花发，飞来飞去袭人裾。

扬子：指汉代扬雄，字子云，在长安时仕宦不得意，曾闭门著《太玄》《法言》等。
裾：衣襟。

《长安古意》是初唐四杰之一的卢照邻的代表作，也是初唐七言歌行的名篇。这首长诗以汉赋般极尽铺排的手法，大幅度地描绘当时京都长安的恢宏与繁华，描摹长安城中很多阶层人们的真实生活。这首诗所包含的内容很丰富，有对富贵美好的向往，有对贵族之间相互倾轧之状的讽刺，有对世事浮沉、今非昔比的感叹，也有对自己怀才不遇情状的愤懑和不甘。《长安古意》还原了卢照邻所在时代的长安城作为帝都的气度，千年后仍令人神往。

全诗从“长安大道连狭斜”起始，开篇就大笔如椽般描写唐长安城四通八达星罗棋布的街巷。而在这些街巷间，无数贵族的宝马香车驰骋其间。卢照邻文采华瞻，他一口气连用玉辇纵横、金鞭络绎、龙衔宝盖、凤吐流苏等富丽的词汇来描摹王侯宅第的车水马龙，引人入胜。在这样的喧嚷间，就连景物也不甘寂寞，长达百尺的“游丝”都要争着去缠绕树枝，面对花团锦簇的热闹，“娇鸟”成百上千相与共鸣。这才是长安，是天子脚下、万国来朝的长安。气氛铺排好了，诗人接着描摹长安的建筑，他或许并没有刻意做什么修辞，就是在直描。“复道交窗作合欢，双阙连甍垂凤翼。梁家画阁中天起，汉帝金茎云外直。”他并不连篇累牍地对亭台楼阁做一比一的描绘，他就只是在写路和窗，写双阙的华顶，写高耸入云的画阁和楼宇。他就只写出这些壮丽的细节，然后任凭人们去想象这座城池的全部。

他还写长安城中形形色色的人。唐长安城的人数多达百万之众，街头巷尾，东西错落，无论哪里都是人。卢照邻从北里歌女入手，写她们在繁华中熠熠生辉的风华，也写她们的风华在繁华中没落。“得成比目何辞死，只羡鸳鸯不羡仙”，这句诗后来成为痴男怨女表情达意的代表言语之一，在这里诗人就是用这句话来写都城中男女对于情爱的热切渴求。诗人还将诗笔延展，探到歌姬舞女的闺房中去。闺房总是香软的，梳妆也总是妖艳的。诗人写这些美丽的女子，其目的还是在于引出她们雍容华贵的主人。“妖童宝马铁连钱，娼妇盘龙金屈膝”，与篇首的“青牛白马七香车”对应，长安白昼的繁华于此算是告一段落。

然后长安与诗歌一起入夜，诗人开始描绘各色人等的夜生活。御史和廷尉门庭冷落，只有鸟雀悄然栖息，这是暗示御史、廷尉一类小官晚上也外出寻欢了。于是，看似一片寂静的夜长安便开始涌动，挟弹飞鹰的公子，探丸暗算别人的少年，腰悬宝剑的侠客，所有看似毫无关联的人开始汇聚于一处。桃李不言，下自成蹊，“桃李蹊”便是指青楼。诗里的人们沉迷于灯红酒绿的繁华，他们在夜以继日的欢宴中看似得到了永恒的欢愉，但诗人对这种暮宴朝欢是不赞成的。

长安冠盖满京华，浮夸的表象下，尽是明争暗斗。文武权臣互相倾轧，得意者自以为不可一世，却不知“节物风光不相待，桑田碧海须臾改”。这里并不仅仅指豪门权贵，也包含了游弋于长安城甚至全天下的所有人。沉迷在其中的人不知亦不畏，而知者如卢照邻，早已远远地避开了。

除卢照邻的这首《长安古意》外，初唐四杰中又一位天才的诗人骆宾王，也作了一首长诗来描绘帝京长安的盛世繁华，此诗一出，当时便传遍京畿，以为绝唱。

帝京篇

骆宾王

山河千里国，城阙九重门。
不睹皇居壮，安知天子尊。
皇居帝里崤函谷，鹑野龙山侯甸服。
五纬连影集星躔，八水分流横地轴。
秦塞重关一百二，汉家离宫三十六。
桂殿嶔岑对玉楼，椒房窈窕连金屋。
三条九陌丽城隈，万户千门平旦开。
复道斜通鳷鹊观，交衢直指凤凰台。
剑履南宫入，簪缨北阙来。
声名冠寰宇，文物象昭回。
钩陈肃兰戺，璧沼浮槐市。
铜羽应风回，金茎承露起。
校文天禄阁，习战昆明水。
朱邸抗平台，黄扉通戚里。
平台戚里带崇墉，炊金馔玉待鸣钟。
小堂绮帐三千户，大道青楼十二重。
宝盖雕鞍金络马，兰窗绣柱玉盘龙。
绣柱璇题粉壁映，锵金鸣玉王侯盛。
王侯贵人多近臣，朝游北里暮南邻。
陆贾分金将宴喜，陈遵投辖正留宾。
赵李经过密，萧朱交结亲。

鹑(chún)野：指秦地。
甸服：指京城附近的地方。
星躔(chán)：日月星辰运行的度次。
嶔(qīn)岑：高峻。
鳷(zhī)鹊：传说中的异鸟名。
簪缨（zān yīng）：古代官吏的冠饰，代指显贵之人。
兰戺(shì)：台阶的美称。

陆贾分金：用汉代陆贾典故，指休官后平分家产与子孙以为生计。
赵李：指汉代阳翟轻侠赵季和李款。
萧朱：指萧育和朱博。西汉时人，两人始为好友，后有隙，终成仇人。

丹凤朱城白日暮，青牛绀幰红尘度。
侠客珠弹垂杨道，倡妇银钩采桑路。
倡家桃李自芳菲，京华游侠盛轻肥。
延年女弟双凤入，罗敷使君千骑归。
同心结缕带，连理织成衣。
春朝桂尊尊百味，秋夜兰灯灯九微。
翠幌珠帘不独映，清歌宝瑟自相依。
且论三万六千是，宁知四十九年非。
古来荣利若浮云，人生倚伏信难分。
始见田窦相移夺，俄闻卫霍有功勋。
未厌金陵气，先开石椁文。
朱门无复张公子，灞亭谁畏李将军。
相顾百龄皆有待，居然万化咸应改。
桂枝芳气已销亡，柏梁高宴今何在。

绀幰（gàn xiǎn）：天青色的车幔。亦指张绀幰的车驾。

延年女弟：指西汉音乐家李延年的妹妹李夫人，汉武帝宠妃。

倚伏：意谓祸福相因，互相依存，互相转化。语本《老子》：“祸兮福之所倚，福兮祸之所伏。”

田窦：西汉武安侯田蚡和魏其侯窦婴的并称。两人均为皇戚，每相争雄。

卫霍：指西汉名将卫青和霍去病。

石椁（guǒ）：亦作“石槨”或“石郭”，石制的外棺。

唐 阎立本 职贡图

春去春来苦自驰，争名争利徒尔为。
久留郎署终难遇，空扫相门谁见知。
当时一旦擅豪华，自言千载长骄奢。
倏忽抟风生羽翼，须臾失浪委泥沙。
黄雀徒巢桂，青门遂种瓜。
黄金销铄素丝变，一贵一贱交情见。
红颜宿昔白头新，脱粟布衣轻故人。
故人有湮沦，新知无意气。
灰死韩安国，罗伤翟廷尉。
已矣哉，归去来。
马卿辞蜀多文藻，扬雄仕汉乏良媒。
三冬自矜诚足用，十年不调几邅回。
汲黯薪逾积，孙弘阁未开。
谁惜长沙傅，独负洛阳才。

邅(zhān)回：困顿，不顺利。

和《长安古意》相似，骆宾王这首诗也是在描绘帝京长安的繁华。此诗以五言开篇，之后五言七言错杂，频频换韵，长短交错间，直道出长安城气势的磅礴。他还用皇帝的尊贵来映衬帝都的威仪，“不睹皇居壮，安知天子尊”，没有见过长安城壮美风光的人，是无法切实感受到九五至尊的高高在上的。“皇居帝里崤函谷，鹑野龙山侯甸服。五纬连影集星躔，八水分流横地轴。秦塞重关一百二，汉家离宫三十六。”这是宏观地理位置的刻画。作者蓄足了势，终于将长安城四面八方的山河关塞尽收于笔下后，才终于开始细致地描绘这座城池：“桂殿嵚崟对玉楼，椒房窈窕连金屋。三条九陌丽城隈，万户千门平旦开。复道斜通鳷鹊观，交衢直指凤凰台。”桂殿玉楼的直耸入云，椒房金屋的绵延不绝，帝都就该有帝都的样子，否则如何配得上帝王四海之主的威仪。在完成了对都城景观的描绘后，骆宾王还是将目光投回到长安上流社会腐朽的生活上来。诗人由表面的繁荣昌盛起笔，写王侯贵族们荣宠加身的画面，描绘他们身携宝剑，自由出入宫廷，名扬四海之内，形居画堂之上的场景。他还写皇帝学宫的肃穆清贵，以及文士们聚集其中畅谈古今的盛况，这一切都是盛世王朝才有的图景。骆宾王也写了娼妓和优伶，这些为贵族富豪们而生的阶层。她们浮华的生活也正是王侯贵族们生活的折射。

然后是长安的夜生活，诗人从暮色苍茫写到更深漏尽。和卢照邻的《长安古意》类似，《帝京篇》中也写到夜晚的长安城华灯之下的灯红酒绿，也写到皇亲贵戚间的明争暗斗和尔虞我诈。四杰中的两位诗人不约而同地描绘出类似的场景，正从侧面说明他们所写的正是当年长安城的实情。其实何止是当年呢？历史与现实总是惊人的相似，中国上下五千年，历朝历代不知上演了多少相类的悲剧。这些人如此荒唐地度过一生，他们不可能像蘧伯玉一般“年五十而知四十九年非”，他们甚至都不知道孰是孰非。

时光流逝，朝代更替，诗里的讽喻当然值得人们深思。不过长安一直以来为人念念不忘津津乐道的并不是这些，而是它当逢盛世时极致的繁华。

长安回望绣成堆

很多时候对于一座城市，人们身在其中时浑然不觉，只有当离开的时候，才会骤然发现自己究竟失去了什么。唐都长安，这座在许多诗人生命中划下深刻印痕的城池，以诗仙李白和诗圣杜甫为代表的无数诗人，他们皆怀揣着炙热的渴望来到这里，他们希望能在此实现自己的抱负，建功立业，从此青史扬名。一朝踏入长安城，他们恐怕谁也不想再离开。

诗仙李白一生与长安城有不解之缘。开元十八年(730年)，而立之年的李白一入长安，便立刻被这座城池的恢宏和壮丽所折服，他四处拜谒王公贵族，渴望能够得到引荐，在长安谋得一官半职，却没有得到回应，无奈之下于第二年离开长安，游历四方。人虽离开，但李白自始至终都对长安念念不忘。苍天没有辜负他的渴盼，十二年后，四十二岁的李白终于等到了机会。唐玄宗在贺知章和玉真公主的引荐下，读了李白的诗文，对他的文才非常仰慕，便召他入宫。到了长安后，李白立刻受到唐玄宗的礼遇，天子“降辇步迎，如见绮皓”，待他如珠如宝。随即令李白供奉翰林，草拟文书。玄宗每当有宴请或郊游的时候，必命李白侍从，利用他敏捷的诗才，赋诗纪实。李白受到玄宗如此的宠信，遭人艳羡的同时也不免受到馋毁。李白入长安本来是想谋得官职的，他想做一番大事业，并不甘于做一个御用文人，可是他的抱负却难以实现。加上他本来性格就放荡不羁，自觉抱负难以实现更是消极对事，天子呼来都敢不朝，终于在天宝三年(744 年)被唐玄宗赐金放还，变相撵出了长安。他伤心失意之下，写了三首《行路难》，大声呼喊着"行路难，归去来"！

在此之后李白一直漫游各地，但他心中却没有一刻忘记过长安的过往。或许他一直在心里悄悄渴盼，哪一日朝廷能再将他召回长安。但他没有等来这一天，天宝十四年(755 年)，安史之乱爆发，胸怀家国的李白应永王李璘之邀入其幕府。不久永王兵败，李白也被判流放夜郎。这时候李白已经五十七岁了，来日恐怕无多。这个判决意味着，他心目中的长安从此便与他相隔千山，他再也无法回到长安城了。心怀绝望的李白为此写了许多诗，比如《与史郎中钦听黄鹤楼上吹笛》。

与史郎中钦听黄鹤楼上吹笛　李白

一为迁客去长沙，西望长安不见家。
黄鹤楼中吹玉笛，江城五月落梅花。

此诗一题"黄鹤楼闻笛"。

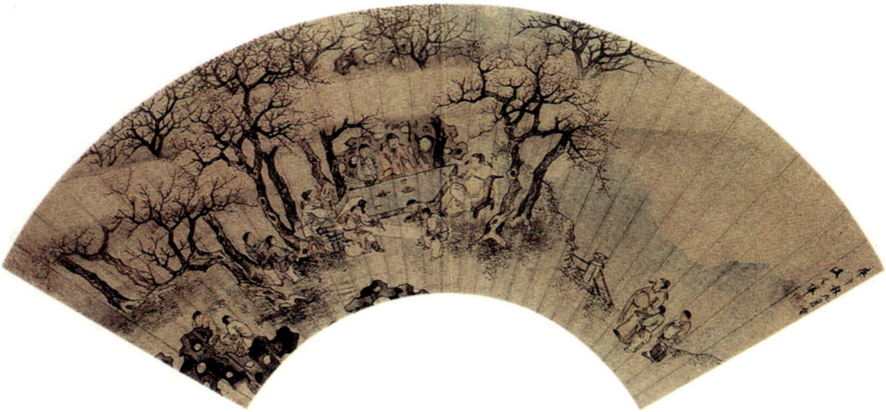

明 盛茂烨 春夜宴桃李园图

此诗是唐肃宗乾元元年(758年),李白在长流夜郎的路上,经江夏时游黄鹤楼所作。他在篇首借用西汉贾谊的典故,贾谊因指责时政受到权臣的谗毁,贬官长沙。李白在此将贾谊事引出来,暗指自己实遭冤狱。“一为迁客去长沙”,就是用贾谊的不幸来比喻自身的遭遇,流露出无辜受害的愤懑,也含有他的自我辩白之意。政治上的打击并没有使诗人忘怀国事,他始终记挂着长安,但“西望长安”的结果却是“不见家”。正当心伤绝望的时候,诗人忽听黄鹤楼上吹奏《梅花落》的笛声,情动于中,不觉更添忧怆。这里有对往事的回忆,更有对长安的眷恋。于是他继续写下关于当年长安的诗句:“昔在长安醉花柳,五侯七贵同杯酒。气岸遥凌豪士前,风流肯落他人后?夫子红颜我少年,章台走马著金鞭。文章献纳麒麟殿,歌舞淹留玳瑁筵。(《流夜郎赠辛判官》)”

对于此时的李白来说,回忆中不美好的一切恐怕都于此远去了,他只想再去一次他记忆中柳媚花好的长安。

与李白的辗转来去不同,诗圣杜甫曾在长安生活了整整十年。天宝六年(747年),玄宗诏天下“通一艺者”到长安应试,杜甫也参加了考试。由于权相李林甫从中作梗,使得参加考试的士子全部落选。科举之路走不通,杜甫也不甘心就此放弃自己的抱负,于是他客居长安十年,四处奔走,最终仍郁郁不得志。安史之乱爆发后,杜甫携家眷往鄜州羌村避难,他在此听说肃宗即位,立刻只身北上投奔肃宗,途中不幸为叛军俘虏,押至长安,后因为官小没有被囚禁。最后他终于在凤翔见到肃宗,被肃宗授以左拾遗的官职。但他很快便因营救房琯而触怒肃宗,被贬到华州任司功参军一职。在华州任上,杜甫因对腐朽的时政痛心疾首而弃了官,几经辗转后到了成都。在好友严武等人的帮助下，在城西浣花溪畔建成了一座草堂，在此度过了他生命中难得的一段安宁时光。但好景不长，七年之后严武去世，杜甫在成都的生活失去凭依，只得离开成都，沿江东下。此时的杜甫已落得这等穷病交加的地步，但他即便到这个时刻仍心系长安，写下了著名的《秋兴八首》。

秋兴八首·其四 杜甫

闻道长安似弈棋，百年世事不胜悲。
王侯宅第皆新主，文武衣冠异昔时。
直北关山金鼓振，征西车马羽书驰。
鱼龙寂寞秋江冷，故国平居有所思。

直北：正北，指与吐蕃之间的战事。

杜甫自唐肃宗乾元二年（759年）弃官，到写下这八首诗的大历元年（766年），其间已隔了七年时光。此时安史之乱虽然已经结束，但是战乱频仍，国无宁日，人无定所。吐蕃、回纥乘虚而入，藩镇拥兵割据，唐王朝复兴无日。他在愁苦难耐之际写下了《秋兴八首》，这首诗是其四。他在前三首诗中蓄满了足够的忧郁和痛苦，

宋 赵葵 杜甫诗意图

至此终于得到了完满的宣泄。杜甫在长安住过整整十年，他对这一方土地有依恋，有爱慕，有许多快乐或悲伤的回忆。可是此时此刻，他朝思暮想不能忘怀的长安，正像棋子一样被人彼争此夺。世道的变迁，时局的动荡，国运今非昔比，王侯们的家宅更换主人，无奈宦官当道，贤臣良相更成泡影。在这国家残破、秋江清冷、身世凄苦、暮年潦倒的情况下，昔日在长安的生活常常呈现在怀想之中。昔日的繁华照见今朝的落寞，激起无限伤心。

李白和杜甫还有许多别的诗人，他们亲身经历了开元、天宝之世，亲眼目睹了唐王朝由盛转衰的全过程，他们本就是历史的见证人。战乱虽然带走了长安城的富丽和繁华，但它仍根深蒂固地盘踞在爱国诗人们的心头，一刻也不曾消逝。

长安水边多丽人

“北方有佳人，遗世而独立。一顾倾人城，再顾倾人国。”美人风韵自古以来就是文人墨客乐于吟诵的内容之一。而长安多丽人，更有极多关于丽人的诗篇。其中最为脍炙人口的，当属李白为杨贵妃而写的《清平调》三首。

《清平调》三首 李白

云想衣裳花想容，春风拂槛露华浓。
若非群玉山头见，会向瑶台月下逢。

一枝红艳露凝香，云雨巫山枉断肠。
借问汉宫谁得似，可怜飞燕倚新妆。

名花倾国两相欢，常得君王带笑看。
解释春风无限恨，沈香亭北倚阑干。

群玉：山名，传说中西王母所住之地。

飞燕：即赵飞燕，西汉成帝的皇后，能歌善舞，备受恩宠。

解释：消散，消释。

沉香亭：位于唐长安城兴庆宫内龙池东北方。1958年在原址复建。

唐玄宗天宝年间的一个春天，唐玄宗和杨妃在兴庆宫沉香亭观赏牡丹，便命当时供奉翰林的李白为名花和妃子写作新篇，李白奉召进宫，在金花笺上作了这三首诗。

李白是生性风流人，在他的眼中，恐怕花和美人一样赏心悦目。于是他自然而然地将牡丹和杨妃交互在一起写，花就是人，人就是花，人面花面交相呼应。首章一起七字："云想衣裳花想容。"用云与花这两个美丽的意象来映衬杨贵妃丰腴富艳的美貌。紧接着，诗人继续用"春风拂槛露华浓"来点染花容，美丽的牡丹花在晶莹的露水中更显芳华。李白还接着交代了花容如此之盛的原因，他用春风暗喻君王的恩泽，是君主的恩宠才成全了美人。随后，李白又将贵妃绝俗的美貌放之于蓬莱仙境中。"若非群玉山头见，会向瑶台月下逢"，把气氛点得虚无缥缈，然后杨妃于其间盈盈而立。

"一枝红艳露凝香"，这是杨妃含香带露的美，比上首的"露华浓"更进一层。接下来还连用好几个典故，楚王恋慕的巫山神女，风华绝代的赵飞燕，尽皆不及眼前杨贵妃的花容月貌。这是借古喻今，更是借古来谋得君王的欢心。

在吟诵完杨妃的绝美后，诗人最终还是回到眼前沉香亭中的名花和美人上来。"名花倾国两相欢，长得君王带笑看"，又一次将名花和美人连在一起写，"带笑看"，又将人面花面君王面合而为一。"解释春风无限恨，沉香亭北倚阑干"，牡丹国色天香，得遇佳人欣赏，杨妃风华绝代，又受君王独宠，当然都可以无恨。沉香亭

元 钱选 杨贵妃上马图

外，人花倚阑，韵味无限。

长安城的美人何其多，皇妃贵妇的风流华艳自不必提，即便是市井乡野中，也自有令人留恋的佳人，比如诗人崔护所遇的桃花往事。

题都城南庄　　　崔护

去年今日此门中，人面桃花相映红。

人面不知何处去，桃花依旧笑春风。

崔护字殷功，唐朝时博陵人。考中进士后做过京兆尹、御史大夫、广南节度使等官。他的诗《全唐诗》中只存了六首，都是清新婉丽的佳作，其中就是以这首《题都城南庄》流传最广。都城就是指长安，相传当年崔护到长安参加进士考试落第后，在长安南郊偶遇一个美丽的少女，他向少女讨了一杯水，少女家的庭院中有一株正值盛放的桃花。萍水相逢的两人仿佛都有情意，可当时谁都没有说出来。而后崔护怅然离去，之后的一年也没有再来见她。但是少女美艳如桃的容颜却在他心中留下了痕迹。次年清明，他脑海中的这段回忆突然清晰起来，于是他忍不住故地重游去寻访这个少女，可最终不遇，于是他心怀怅然地写下这首诗。

或许因为写到春风中满树桃花盛开的景色，这首诗显得很明丽，而且这种明丽是很有层次感的。诗人先写他一年前寻春遇艳的场景，“去年今日此门中，人面桃花相映红”。少女姣好的容貌是人世间最美的颜色，桃树灼灼的花枝是自然界最美的风光。两者交相映衬，不仅没有被对方比下去，反而彼此成全，使得画面愈发惊艳。这样的画面当然不只崔护一个人见过,这种近乎天然的美感,应该存在于每个人的心中,与人心最柔软之处相融。所以诗人在与这样的美邂逅之后,便再也难以忘怀。这样的流连很容易得到人们的理解,于是,接下来的故地重游就变得理所当然。还是在春天,或许诗人是被长安满眼的桃李色惊艳了双眼,于是记忆中那个盈盈站在桃花下的少女轮廓便又清晰了起来。于是诗人按捺不住心里的憧憬前去寻找, 他应该是怀着憧憬和忐忑前往南庄的。毫无疑问他想见到她,他或许并不知道自己见到她后会怎么样,这一次重访是他遵循自己本能所做的选择。但他最终还是没能见到她,只见到记忆中的那棵桃树比一年前更繁茂,枝上桃花灼灼盛放如展笑颜。这首诗到此戛然而止,诗人寻人不得的失落和伤感,都留在诗外让读者推及己身,引得每个人去回忆自己在遥远的岁月中失去的美好,从而各拾其憾。

在唐人孟棨所写的关于此事的传说中，崔护在这次重访不遇后没有死心，找机会又去了一次。这一次他最终与他念念不忘的姑娘重逢，最终二人结为连理，是个幸福美满的大团圆结局。这个结局是符合人们的希冀和喜好的，毕竟听一个故事，谁都希望最终得到的能是一个完满的结局。但这只是故事，千百年来人们之所以未曾忘记这首诗，却是为了诗中所寄寓的那种憾恨。人常常在毫无准备的情况下与某种美好相遇，当时或许未曾留心，又或者留心之后却没有付出行动去争取去挽留，而当时过境迁，自己想再去寻觅记忆中的美好的时候，却发现往事如烟，失去的已难再得。

唐 周昉 簪花仕女图

风景令人忆帝京

唐长安城不仅是唐王朝的政治、经济、文化中心，更是人流密集的游览胜地。寺庙殿宇多不胜数，名山圣水环绕京畿，凡此种种，无不引人入胜，吸引着诗人们汇聚于此写下华美篇章。

大慈恩寺是唐长安城中著名的佛教寺院，它是唐太宗贞观二十二年(648 年)，时为皇太子的李治为了追念他的母亲文德皇后而建。因为是皇室敕令修建，所以大慈恩寺是当时唐长安城内名气最大、最富丽堂皇的佛寺。玄奘法师就曾在这里主持寺务，使得这座寺庙名气更炙。慈恩寺千年来香火鼎盛，其中镇寺之塔大雁塔至今保存完好留镇寺中，被视为古都西安和陕西省的象征。

与高适薛据同登慈恩寺浮图 岑参

塔势如涌出，孤高耸天宫。登临出世界，蹬道盘虚空。
突兀压神州，峥嵘如鬼工。四角碍白日，七层摩苍穹。
下窥指高鸟，俯听闻惊风。连山若波涛，奔走似朝东。
青槐夹驰道，宫馆何玲珑。秋色从西来，苍然满关中。
五陵北原上，万古青濛濛。净理了可悟，胜因夙所宗。
誓将挂冠去，觉道资无穷。

蹬道：有踏阶的道路。
四角：一作“四方”。
驰道：供君王行驶车马的道路。

唐玄宗天宝十一年(752 年)秋，高适、岑参、薛据、杜甫等诗人相约来到慈恩寺，震撼于慈恩寺的恢宏壮丽的影响，先后有感而出遂吟诗唱和以助兴，岑参此诗就作于当时。

此诗开篇便直道寺中宝塔的巍峨高耸：“塔势如涌出，孤高耸天宫。”一个“涌”字，感觉铸成宝塔的砖石皆是从地下冒出的一般，极有动势，同时也勾勒出宝塔孤高嶙峋之貌，引人登临。登临之后，便是在高塔之上的所见所感了：“登临出世界，磴道盘虚空。突兀压神州，峥嵘如鬼工。”仿佛探出寰宇的一座塔，临于其上可摘星辰，一朝压下，即镇神州。低头下望，鸟于眼下飞过，风自耳边穿行。登高四望，四处皆有景色，东边是连绵的山景，西面是萧然的秋色，南面是密布的宫苑，北面是肃穆的陵园。诗人绘景的笔亦是含情的，他笔下的景亦是萧索伤心的。他为唐王朝即将到来的衰微而伤，诗尾“净理了可悟，胜因夙所宗。誓将挂冠去，觉道资无穷”，明白了当地表明了诗人想要辞官归故里的愿景。当朝唐玄宗年老昏庸，朝廷上下一片混乱。各方藩镇蠢蠢欲动，满目的苍然不

元 赵孟頫 红衣罗汉图

仅浸透了眼前的秋景，更浸透了诗人的心。他想要寻求解脱，而佛寺一直是中国文人消极避世之处，岑参来到慈恩寺，心中的消极和他自己向来追求的佛法融合在一起，于是他“誓将挂冠去，觉道资无穷”。

唐朝佛法鼎盛，佛寺不胜枚举。虽然大多不比慈恩寺的富丽堂皇，但却也各占幽趣。比如地处于长安南郊神禾原上的香积寺王维就有《过香积寺》一诗，专门写此地的幽远深邃。

过香积寺 王维

不知香积寺，数里入云峰。
古木无人径，深山何处钟。
泉声咽危石，日色冷青松。
薄暮空潭曲，安禅制毒龙。

“过香积寺”就是去寻访香积寺。但这里王维做了个心机，他开题就说去访，但首篇却说自己不知香积寺。“不知”而又要去访，表现出王维的不羁和任性。香积寺定是一个非常幽邃的世外所在，诗人原也不用花多少笔墨去写它的曲径通幽，一句“数里入云峰”，许多东西就都明白了。王维喜欢深山静水，这些景物与他的气质心性是最相容的。“古木无人径，深山何处钟。泉声咽危石，日色冷青松。”写得极好的两联山景，像这样浑然天成的语言王维是信手拈来的。山林中古树参天，四下里杳无人迹。此时此刻，不知从哪里突然飘来一阵隐约的钟声，在山间飞来荡去，使得身处在如此山林中的人蓦然生出一种不知今夕何夕的迷惘。“何处”二字，看似寻常，但只要细细一想，只有极密的树林，才会让迷失于其中的人不知道钟声从何而来。一个人走得久了难免寂寞，接下来王维便开始写环境的幽冷，声轻色淡，逼真可触。原本泉声应是被危石所咽，日色该是为青松而冷，这里王维做了一个倒装，让景物活泛起来，而且越品越会觉得这里面的构思又精巧又恰当。王维在山中穿行了不知有多久，等他终于找到香积寺的时候，暮色已经降临。王维晚年沉湎于佛学，他在这里是把自己“晚年惟好静”的情趣融化到所描写的景物中去了。因此最后“安禅制毒龙”，便是诗人心迹的自然流露。

清 王翚 深山求诗图

曲江又名曲江池，位于唐长安城南朱雀桥之东，唐玄宗开元年间大加整修，使之成为当时长安城最大的风景名胜区。曲江的盛衰与大唐同在，唐盛时曲江盛，唐衰时曲江衰。其故址在今西安城南五公里处。

朝(cháo)回：上朝回来。
典：典当，抵押。
蛱(jiá)蝶：亦作"蛱蜨"，蝴蝶的一种。

曲江二首·其二 杜甫

朝回日日典春衣，每日江头尽醉归。
酒债寻常行处有，人生七十古来稀。
穿花蛱蝶深深见，点水蜻蜓款款飞。
传语风光共流转，暂时相赏莫相违。

此诗写于乾元元年(758年)，那时京城虽然收复，但战乱还在延续。杜甫回到长安，重游曲江。其时正逢暮春，眼见春残之景，想起唐王朝如今的祸乱，杜甫写下了《曲江二首》。

杜甫开篇并没有直言愁绪，却写了两件非常难堪的事情，典衣和买醉。人不到贫穷至极的地步是无需去典当衣服的，并且这个时节还是春天，即便要当衣服也该当冬衣，可是杜甫却要日日典春衣，就说明他是每天都要等钱急用。这些钱要拿来做什么呢？为了"每日江头尽醉归"。国是那个样子，家是那个样子，杜甫因何买醉，实在无须多言。他紧接着再逼进一层："酒债寻常行处有。""寻常行处"，是说他人走到哪里，就买醉到哪里。他又没有钱，所以只能到处赊酒到处欠债。"人生七十古来稀"，人生有限，须臾即逝，所以能活多久，便且行乐多久吧。这是从骨子里透出的消极。尽管心里蓄着无限的愁绪，但眼前的美景物却是无辜的。"穿花蛱蝶深深见，点水蜻蜓款款飞”，蜂媒蝶使，蜻蜓点水，自然界的一切感受不到人世间的沧桑乱离。在这样恬静美好的景物面前，诗人感到了片刻的宁静和快乐。但是他心里明白，这样恬淡自由的时刻也留存不了多久了。“传语风光共流转，暂时相赏莫相违”，他只能暂时地麻痹自己，请求春光与他一起尽这一时之兴。

华清宫是唐长安城边骊山脚下的一座帝王离宫。始建于唐初，后经唐玄宗悉心扩建，繁盛一时。唐玄宗几乎每年十月都要携杨贵妃到此寻欢作乐，一直到岁末才回长安。从某种程度上说，华清宫见证了唐王朝由盛而衰的过程，更催动了唐王朝的灭亡。

过华清宫绝句三首·其一 杜牧

长安回望绣成堆，山顶千门次第开。
一骑红尘妃子笑，无人知是荔枝来。

骑(jì)：一人一马的合称。

杜牧的这首咏华清宫的绝句一直脍炙人口。此诗通过给杨妃送荔枝这一典型事件，讽刺了玄宗与杨贵妃骄奢淫逸的生活，有着以微见著的艺术效果。

全诗从“回望”长安起笔开篇，描写长安城外高山绵延，峰如锦绣的壮美画面。“绣成堆”，既是指骊山两旁的东绣岭、西绣岭，又是写长安周围群山环绕的地势，一语双关。“山顶千门次第开”，这是在这静止的高山之景中动态的画面。层峦叠嶂之上，一匹快马风驰电掣而来，每临近一道宫门，原本紧闭的宫门便打开一道。而后诗人笔锋忽转，将画面切入到华清宫中的杨贵妃身上。此刻杨贵妃正站在高殿之上,看见山下快马扬起的灰尘,嫣然一笑。她为何而笑?没有人知道是因为新的一批荔枝已从千里之外送来。史书记载,杨贵妃酷爱吃荔枝,而且她不吃放久了的,只吃新鲜的。但荔枝生长于遥远的南国,古时候又不能空运,所以唐玄宗便命人快马传送,几天之间穿越千里,在荔枝变味前送到京师。杜牧写到这里,他的心情定然是痛心疾首的。老年的唐玄宗为博宠妃一笑,竟不惜劳民伤财到如此地步,他不管送荔枝途中会累死多少人多少马,也不管他的江山是否会在这样的荒唐中动荡。

乐游原在唐长安城南,是城内地势最高的地方,登上它可俯望长安城,是当时著名的游览胜地。直至中晚唐之交,乐游原仍然是京城人游玩的好去处,文人墨客常来这里作诗抒怀,李商隐《乐游原》便是其中之一。

乐游原 **李商隐**

向晚意不适,驱车登古原。

夕阳无限好,只是近黄昏。

这首诗写得很伤感。诗人本就是在“意不适”的时候为了排忧解烦才登上古原的,而此时迎接他的却不是生机勃勃的盛景,而是一轮即将落下的夕阳。李商隐很喜欢乐游原这个地方,时不时就会来游览一番。他也写过另一首关于此地的诗:“万树鸣蝉隔断虹,乐游原上有西风。羲和自趁虞泉宿,不放斜阳更向东!(《乐游原》)”也是这个叫乐游原的地方,也是夕阳西风的相似景物,但这首诗明显显得更有气势，也更积极，但这并不是说前一首诗就是在抒发消极的意绪。其实后世在解读李商隐的这首诗时是存在偏差的，这种误解主要在后两句上。“夕阳无限好，只是近黄昏”，人们常把这里的“只是”当作现代“只是”的意思来理解，但在古代，这个词语其实表示的是“正是”“就是”的意思。李商隐在这里描绘的是这样一幅画面，夕阳西下，彩霞满天，红染云波，气象苍然。正午的阳光是最盛的，但此时的太阳炽热刺眼，并不适合观赏，而朝阳和夕阳却是可看的。朝阳生机勃勃，刺破夜的黑暗。但在诗人眼中，真正无限好的却是夕阳，这里他是在抒发对这无限壮美的景色的赞美，与王维笔下的“长河落日圆”(《使至塞上》)其实是一样的。直到此处，之前那种“意不适”的愤懑消逝一空，诗意到此壮阔

明 王谔 江阁远眺图

了起来。

但后人却往往情愿附会，把这句诗理解成为：夕阳纵然无限好，但黄昏却已将至，眼前所有的壮美须臾之间便会消失，而诗人却无力挽回。如此这首诗无疑就变得悲情了，诗人本来就“意不适”，此时这么一下，无疑就更加不适了。再联系上李商隐所处的时代和他个人的身世，又将个人不幸和家国之悲融于画面中，更加映衬了这种悲情。但这样理解也有这样理解的好处，诗句变得更加含蕴了。世上有些景致，确实是在消逝之际才显得无限美好。而且这个意思不仅能应上此时夕阳西下的自然景象，也能应合当时那个风雨飘摇的时代。这句诗的这个意思，被后世广泛认同。

对于同一首诗，不同人自然可以有不同的理解，有时即便和原作者创作的初衷相违也不是不可以，诗歌的意蕴原本就是随着时间的发展而无限扩展的。这是诗的韵味所在，更是诗的魅力所在。

附　录

《唐诗风云会》赛事指南

长安是唐代的都城，陕西是唐诗的故乡。有唐一代，众多伟大的诗人都曾生活在三秦大地上，并留下了许多光耀古今的诗篇。时至今日，我们每每提到唐诗，首先想到的一个地名还是长安。而随着近年来国学热的广泛兴起和现代传媒的日益发达，以电视节目的形式传播传统文化已经屡见不鲜，并深受观众喜爱。故而，在长安这片有着丰厚的历史文化底蕴的土地上举办一档与唐诗有关的文化节目就显得尤为必要，也最为合适。于是，就有了由陕西卫视原创的大型唐诗文化益智类节目《唐诗风云会》。

一、节目概况

《唐诗风云会》节目自 2015 年 3 月 1 日开始，每周日 21:20，在陕西卫视播出，向全球华人传递“唐诗文化，陕西出发”的理念。《百家讲坛》主讲人、北京师范大学文学院教授、博士生导师、著名文化学者康震担任节目主考官；“诗歌王子”汪国真、“词坛泰斗”阎肃、“知性女主持”春妮、“个性教授”何依工、“音乐才子”黄国伦等嘉宾明星和学界大腕化身“翰林学士”，与海内外众多选手一起品唐诗、忆唐人，煮酒论剑、诗梦大唐。

尽管作为古老文体的唐诗已经属于历史，但作为文化精神的唐诗则青春永驻。随着中国经济的崛起和中华文化的全面复兴，唐诗的国际化传播也越来越广泛、越来越深入。在“丝绸之路经济带”建设中，陕西传承盛唐文明责无旁贷，而“人文立台”的陕西卫视凭借对“唐诗文化”的不断开掘和大胆创新，也借此走出了一条更加适合自己的传播之路。

《唐诗风云会》结合陕西深厚的历史文化底蕴与悠久的唐诗文学传统，进行了一次贴合现代电视观众审美需求的新尝试。与中央电视台《汉字听写大会》、河南卫视《汉字英雄》等同类节目相比，陕西卫视第一次选取了“唐诗”这一专门的文学领域作为题材，跳脱了“以古论古”的桎梏和常见的知识问答模式，成为新一轮文化类节目的“新典型力作”。这个“特有文化定位”的节目也将成为陕西卫视一张全新的频道名片。

节目自开播以来，便以其丰富的形式、深刻的内涵、轻松的氛围和妙趣横生的节目环节，受到了许多专家学者的好评和全国观众的热烈追捧。

中国人民大学新闻学院副院长、舆论研究所所长、博士生导师喻国明教授观看节目后表示：“爱诗的人，内心是年轻的；爱诗的社会，文化是灵动和富有想象力的。陕西卫视在娱乐风潮之下，创新性地主打‘文化牌’，选取了‘唐诗’这一中华文化的巅峰题材为载体，使观众参与到一场场妙趣横生的古今对话之中，相信它会成为继《汉字听写大会》后新一轮文化类节目的‘新典型力作’。”

清华大学新闻与传播学院常务副院长、博士生导师尹鸿教授也表示：“陕西（卫视）的《唐诗风云会》，把前段的汉字大赛变成唐诗大赛了。这种‘文化＋竞赛’的益智样态，对唤起观众古代文学兴趣肯定会有引导作用。电视节目做文化是好事，文化节目是否能做出诗心文气、还要好看却并不容易。汪国真、黄国伦这组合够新鲜的。”

北京大学电视研究中心主任、新闻与传播学院副院长、博士生导师俞虹教授观看节目以后，在微信朋友圈中倾情推荐：“值得一看，《唐诗风云会》！陕西卫视原创。不负唐诗，契合当下，植根百姓，风雅荧屏。陕西卫视选择做唐诗虽在情理之中，但也极具挑战！今晚以唐诗的名义守时关注，欣然始终。既有创意且完成度高，所以鼎力推荐！”

这些赞誉和好评，是对节目的认可和肯定，也是对节目的鞭策和鼓励。相信随着后期节目的继续播出，节目影响力将会进一步扩大，也将会有更多的人从中领悟到唐诗的魅力，感受到中华文化的博大精深！

二、节目环节及规则

《唐诗风云会》第一季的 13 期节目将采取“平行赛＋拦截赛＋专题赛＋总决赛”的赛制模式，其中平行赛 7 场，拦截赛 2 场，专题赛 3 场，总决赛 1 场。

（一）平行赛环节及规则

大赛平行赛即初赛，共 7 期，每期 6 位选手，总共 42 位选手参赛。每期节目通过“众里寻她”“唐诗流韵”“挑灯觅句”三个环节的比拼和筛选，最终只有一位选手晋级，获得晋级赛的“通关文牒”，并获得 5000 元唐诗励学金。

【众里寻她】

本环节皆为唐诗名句，每句只给出一个提示字，每期的六位参赛选手将依次上场，从备选汉字中选择汉字补全诗句，每位选手有且只有一次选择“过”的机会，如果答错，比赛立即停止。每位选手限答10道题，答题数量最少者将惨遭淘汰，其他五位选手将进入第二环节的比拼。

【唐诗流韵】

本环节为唐诗运用题，由“推敲成趣”和“触景生句”两部分组成，三位翰林学士将根据五位选手的表现，选出四位选手进入最后一轮的比赛。

第一关：推敲成趣

借鉴古人的推敲传统，给出一句唐诗名句，将句中的某个字（或词语）换成其他合适的字（或词语），从而使诗句产生另一种意境。如第一期节目：“举杯 ____ 明月，对影成三人。”“邀”可以换成哪些字？每位选手分别作答以后，由三位翰林学士进行点评。

第二关：触景生句

给出一个具体的生活场景，用一句唐诗来描述。比如第二期节目：“在街头偶遇多年未见的初恋情人，万语千言汇成一句唐诗，这句唐诗可以是什么？”每位选手分别作答以后，由三位翰林学士进行点评。

【挑灯觅句】

本环节为唐诗积累题。给出一个特定主题，比如唐诗中带数字、植物、动物的诗句，四位选手围绕该主题轮流背诗，依次接龙，所背诗句不能重复。每位选手思考时间为10秒钟，规定时间未作答，则即时出局。背诗最多者成为本期擂主。

（二）拦截赛环节及规则

拦截赛包含两场比赛，比赛环节及规则有所不同。

拦截赛第一场

本场比赛，从平行赛被淘汰的选手中，选出 7 位实力较强者，分别对平行赛的 7 位擂主进行拦截。本场胜利的擂主将直接晋级专题赛，失败的擂主与拦截者一起进入荣耀之战的比赛。本场比赛共有以下六种题型，拦截者可以选择自己最擅长的题型去拦截各期擂主。题型及规则如下：

【名篇对句】

本环节为抢答题，主持人给出唐诗的下句，两位对决的选手抢答上句，最先抢到并答对 7 题者获胜。答错则对方得分。

【画中有诗】

给出一张图画，两位参赛选手分别用一句唐诗对其进行描述，由三位翰林学士进行评判。

【唐诗人物】

本环节为抢答题，给出一句包含某位历史人物的唐诗名句，两位参赛选手进行抢答，最先抢到并答对 5 题者获胜。答错则对方得分。

【唐诗知识】

本环节为抢答题，给出一句包含某些历史文化常识的唐诗名句，两位参赛选手进行抢答，最先抢到并答对 5 题者获胜。答错则对方得分。

【名篇接句】

本环节为抢答题，主持人给出唐诗的上句，两位对决的选手抢答下句，最先抢到并答对7题者获胜。答错则对方得分。

【挑灯觅句】

本环节为接龙题，两位对决选手轮流说出唐诗中含有风或云的诗句，依次接龙，所背诗句不能重复。每位选手思考时间为10秒钟，规定时间未作答，则即时出局。

拦截赛第二场

经过拦截赛第一场的残酷对决，有4位风云擂主成功捍卫荣耀，挺进专题赛。因此，专题赛的其他3个名额将从第二场的8位参赛选手中产生。本场比赛将分为三轮进行，每轮比赛题型及规则如下：

第一轮　8进4

本轮比赛题型为二选一的选择题，8名选手分为4组分别进行比拼。每组比赛，主持人给出题面及选项，并说出“请抢答”以后，两位对决的选手按动抢答器进行抢答，最先抢到并答对5题者获胜，提前抢答或答错则对方得分。

第二轮　4进2

本轮比赛题型为三选一的选择题，第一轮比赛中胜出的4位选手将两两分组，进行再次比拼，胜出的两位选手直接晋级专题赛。每组比赛，主持人给出题面及选项，并说出“请抢答”以后，两位对决的选手按动抢答器进行抢答，最先抢到并答对5题者获胜，提前抢答或答错则对方得分。

第三轮　2进1

本轮比赛题型为三选一的选择题，由第二轮比赛中失败的两位选手再次进行比拼，胜出者直接晋级专题赛。每组比赛，主持人给出题面及选项，并说出“请抢答”以后，两位对决的选手按动抢答器进行抢答，最先抢到并答对5题者获胜，提前抢答或答错则对方得分。

（三）专题赛环节及规则

专题赛采取积分制，包括三个环节，第一、二环节分数相加，排名靠前的四位选手将直接晋级下一轮比赛。剩下三位选手接受第三轮考核，争夺最后一个晋级名额。

第一环节：唐诗也流行

将唐诗与当下的一些流行元素相结合，看看能碰撞出怎样的火花。例如网络流行词“也是醉了”，流行歌曲《平凡之路》等。三位翰林学士根据七位选手的综合表现，分别为选手打分。

第二环节：抽丝剥茧

本环节包括5道题。主持人念出题面后，将逐一给出4条线索，每条线索的信息量和指向性逐步递增，分别对应不同的分值，所有线索共同指向同一个谜底。各位选手在主持人的描述中进行抢答，限时5秒说出答案。回答正确得分，回答错误本题禁答。

例题：请根据所给线索说出一个动物（　　）

1）因叫声凄厉用来烘托意境（60分）；2）在李白、杜甫的诗中都曾出现（40分）；3）三峡两岸多此动物（20分）；4）杜甫《登高》首句（10分）。

答案：猿／猿猴

第三环节：无诗不成唐

给出题目：例如唐诗是李白的_____，因为_____。三位选手依次口头作答。每位选手作答后，三位翰林学士随即投票，获得两票以上则本题通过，不足两票则淘汰。

(四)总决赛环节及规则

总决赛采取积分制，包括四个环节，分别为众里寻她、唐诗流韵、趣味集句、唐诗有云。

第一环节：众里寻她

比赛规则与平行赛第一环节相同。答对 1 题得 10 分，共 10 题。

第二环节：唐诗流韵

本环节包括“推敲成趣”和“唐诗也流行”两个分环节，比赛规则分别与平行赛第二环节、专题赛第一环节相同。每位评委依次给每人打分，满分 100 分。

第一环节和第二环节分数相加，排名最后的一位选手将直接淘汰，率先退出“唐诗状元”的争夺。

第三环节：趣味集句

采用古人“集句”的形式，给出一句唐诗，要求每位选手分别集出下一句，连成意思连贯、完整的一联；或者集出三句，构成一首完整的诗。如：

仰天大笑出门去(集出后一句)

人生得意须尽欢(集出后一句)

朝辞白帝彩云间(集出后三句)

每位评委依次给每人打分，满分 100 分。前三环节结束，积分最少者将被淘汰。

第四环节：唐诗有云

各位选手围绕某一主题，分别展开自我观点陈述，每位选手需要以“唐诗有云”作开头，然后引用唐诗作为自己观点的理由。以此进行辩论，在过程中会进行角色翻转。本环节中，此前积分将被全部清零，选手得分由“观众投票打分＋评委打分”两部分构成，积分最多者成为本期节目总冠军。

选手风采

耿剑锋：男，市政管理监察员，俗称“城管”，最大的希望就是上电视让人们看到一个不一样的城管形象。

朱霓：女，喜欢唐诗的年轻“辣妈”。当过车模，爬过高加索的雪山，乘坐过里海之滨的游船，走过卡拉库姆沙漠，在伊朗边境泡过温泉，却最喜欢中国的诗词歌赋，《唐诗三百首》倒背如流。

李德华：男，山西太原矿山机器厂退休工人，七级伤残军人，喜欢背诵唐诗，并以此获得2014年上海大世界基尼斯特别奖。

王嫒：女，23岁，北漂，从小喜欢诗词，爱好古典文学，喜欢看古诗背后的故事。

谭文慧：90后萌妹子，喜欢国学，从小对诗词有所涉猎，背唐诗出于非愿，却成了她最终所爱。

张欣未：男，24岁，来自陕西汉中的一名高中语文老师，为父亲圆梦，参加《唐诗风云会》。

贺媛：古典才女，长于礼仪之邦，生于书香之家，长于诗书，尤擅古琴，闲居金陵，心静如水。

魏国庆：男，来自新疆，初中语文、历史教师。爱好诗词，多年以来，坚持用笔摘抄唐诗 1000 多首，宋词 500 多首以及整整 60 万字的古典名著《红楼梦》。

倪夕婷：女，学生，小提琴爱好者。喜欢音乐，也喜欢唐诗，在音乐中感受唐诗的韵味。

包坤：男，理科博士，却有一颗文科的大脑，用唐诗讲述唐朝历史。

胡幸儿：女，传媒大学播音主持专业学生。

惠立昕：男，73 岁，与爱人因唐诗走到一起，生活中全家一起品读唐诗。

崔向阳：男，46 岁，最能背唐诗的人民警察。

王天妍：女，15 岁，初三学生，来自陕西西安的少年作家。

李旸：男，22 岁，北京外国语大学外交系才子，梦想成为一名外交官或主持人。熟语唐朝外交史和外交文化，偏爱萧索肃杀的边塞诗。

卢怡心：女，16 岁，来自四川成都，酷爱古典文学。

熊猫：男，16 岁，来自苏丹的留学生，广州外语大学研究生，热爱中国传统文化。

张新文：男，46 岁，江苏太仓打工者，“草根诗人”，已发表作品 300 多篇。

王璐：女，10 岁小神童，喜欢看书、背诗词，目前所背诗词量有 700 多首。

李从峰：男，唐诗爱好者，有大约 1000 首的唐诗储备量。

甄跃鹏：男，相声演员，爱好唐诗，最大的本事就是能说能讲能侃能评。

冯康家：男，来自西安，杜甫迷，课余时间做模特、演员，梦想是成为一名演员，亲自出演自己最爱的诗人杜甫。

戚春：男，来自湖北咸宁，高中历史老师，钟情古文，热爱国学和中华传统文化。

王颖：双目失明的励志女孩，天津广播电视大学社会工作专业学生，北京师范大学自考生。

李尚荣：女，小学生，7岁记住近10本国学经典。

杜合兵：一个实实在在的老陕，一张与陈佩斯相像的明星脸，一架相机走遍西安的各个角落，一个服役航天测控部队十三年的老兵。

刘昭：80后相声演员。

陈更：北大工科女博士。热爱传统文化，尤其热爱诗词。

王佃恩：男，“菜场诗人”，开过粮油店、电动车修理行，现在以卖菜为业，生在市井之中，与唐诗结伴为乐。

郑才千：男，世界脑力锦标赛最高荣誉“世界记忆大师”终身荣誉称号获得者，《百家姓》《千字文》《道德经》《唐诗三百首》等传统经典倒背如流。

王子龙：男，31岁，石家庄学院教师，文学学士，历史学硕士，擅长即兴演说和现场授课，喜欢笛子和京剧，爱好吟诗作赋。

吴空：女，25岁，汉服文化爱好者，经常参与汉服文化的一些演出或者活动，喜欢唐诗宋词和古典文化。

于辉：女，42岁，办公室文员，励志准妈妈，爱好古典诗词，背过 4500 首唐诗。

李国扬：男，23 岁，北京大学理工男，爱唐诗的数学控。

姚彩亚：男，54 岁，坚守岗位、刻苦学习唐诗、爱好文学创作的送水工。

汪瑞娜：女，23 岁，生于欧美，长于中华的 90 后俏佳人，就读于上海外国语大学，兼职平面模特和活动演出。

文豪（Ahmed Mohieeddin Hamed Ibrahim）：男，来自埃及，中国传媒大学中文系留学生，来中国一年。

汤姆（SAID KAMALI, IRAN）：男，美籍伊朗人，欧思弗国际教育机构儿童外教，在中国生活 18 年。

戴启明（Davalos Wei Tai, Kevin）：男，22 岁，来自巴西圣保罗市，毕业于圣保罗大学，来中国一年。

穆德（Mohamed rebeialbashier）：男，来自苏丹，西北师范大学国际教育学院对外汉语专业研究生，在中国生活三年。

尹睿智（Yun YeJi）：女，来自韩国，中国传媒大学汉语国际教育专业研究生，来中国四年。

南唐(Nathan Miayiza Diwambuena):男,来自刚果(金),北京工业大学电子科技与技术专业留学生,来中国三年。

《唐诗风云会》:穿越时空去读你

(人民日报海外版 2015 年 5 月 1 日)

随着电视“泛娱乐化”饱受诟病,兼具文化底蕴、益智、好看、开心等多种特质的电视文化节目陆续涌现。目前陕西卫视周日晚播出的《唐诗风云会》就是着力挖掘和弘扬优秀传统文化的一档人文综艺。作为全国首档唐诗文化益智节目,其通过电视的艺术化呈现,激活了唐诗的经典魅力,也拉近了古老文明与现实社会的距离。

重品唐诗　梦回唐朝

扭曲变形的面孔,捂住耳朵的双手,还有身后同样抽象的蓝色的水、绿色的树以及红色的天,蒙克的名画《呐喊》在节目现场缓缓铺开。片刻寂静后,“冠盖满京华, 斯人独憔悴”,“垂死病中惊坐起,暗风吹雨入寒窗”等诗句伴随选手的讲解吟出,带领观众在不知不觉间走进了诗梦大唐。

纵观当下电视荧屏,《唐诗风云会》可以称得上是最具诗情画意的一档节目,受到广大观众的喜爱。但谈及节目从策划到诞生的整个过程,陕西卫视总监、节目总导演郑毅表示,该节目最大的挑战是如何以大众都能参与、都感兴趣的方式激扬唐诗的经典魅力。

“我们摒弃了目前所有文化节目惯用的问答形态, 追求一种开放语境下人人有话说的自由。哪怕你背不出多少诗句，也会有互动的快乐，你会发现那个时代并未老去，它不光活在我们的课本里，更是每个人心灵深处、甚至每个人血液里流淌的中华文化最活泼、最华彩、最青春的那个部分。"郑毅说，他表示这档节目既凝聚着电视对传统文化的敬意，又标示着他们对媒体责任的探索。

为了创新节目形态，北京师范大学教授康震第一次跳脱嘉宾角色，出任"主考官"，阎肃、春妮、何依工、黄国伦、蒙曼等化身"翰林学士"坐镇评委席，共同考较选手们的唐诗功力、一起推敲名句中的生活智慧，并在"触景生句"等多个环节中融入今人对唐诗的全新感悟和个性化解读，在妙趣横生中开启穿越古今的对话。在发散性的题目和穿越感十足的表达中，广大电视观众得以与选手一起，重新品味唐诗、梦回唐朝。

"一带一路" 文化信使

在传统收视率和网络关注度双双走高的同时，《唐诗风云会》受到了专家的一致好评。中国人民大学舆论研究所所长喻国明把它称作"新一轮文化类节目的'新典型力作'"；清华大学新闻与传播学院常务副院长尹鸿也表示："这种文化+竞赛的益智样态，对唤起观众古代文学兴趣肯定会有引导作用。"北京大学电视研究中心主任俞虹在微信朋友圈中推荐："值得一看，陕西卫视原创！不负唐诗，契合当下，植根百姓，风雅荧屏。陕西卫视选择做唐诗虽在情理之中，但也极具挑战！"

作为古丝绸之路的起点，陕西自古就是中外经济贸易流通的重要枢纽，也是东西方文明交流的热土，更是唐诗的故乡。《唐诗风云会》立足陕西，致敬经典，不仅传承了“古丝绸之路”上涌动的精神气韵，更在当前“新丝绸之路经济带”建设的大背景下，凸显出独特价值——用电视传播的方式，为各国人民开辟了了解中华文化的新窗口。

为了让不同肤色的国际友人在竞技比拼的同时，分享他们的唐诗故事和中国情愫，《唐诗风云会》在常规比赛之外特别设立了国际专场。来自伊朗的选手汤姆就让人印象深刻，他是中国文化的狂热爱好者，因为从长安出发的“古丝绸之路”恰好通过汤姆的祖国伊朗，因此他被著名历史学者蒙曼称为“从丝绸之路跑过来的选手”。尽管在比赛中遗憾止步，但汤姆仍然载歌载舞、满面春风，在《唐诗风云会》的舞台上留下了自己快乐的身影。蒙曼高度评价这位热爱中国文化的伊朗小伙儿就像是“丝绸之路当代的活的灵魂”。